Agatha Christie

Agatha Christie

Wunderbare Weihnachten

Aus dem Englischen
von Lia Franken

Atlantik

Die Originalausgabe erschien 1965 unter dem Titel
Star over Bethlehem bei HarperCollins, London.

*Atlantik ist ein Imprint des
Hoffmann und Campe Verlags, Hamburg.*

3. Auflage 2022
Star over Bethlehem
Copyright © 1965 Agatha Christie Limited.
All rights reserved.
AGATHA CHRISTIE® and the Agatha Christie Signature
are registered trademarks of Agatha Christie Limited
in the UK and elsewhere.
All rights reserved.
Für die deutschsprachige Ausgabe
Copyright © 2020 Hoffmann und Campe Verlag, Hamburg
www.hoffmann-und-campe.de
Einbandgestaltung: © Vivian Bencs / Hoffmann und Campe
Satz: Farnschläder & Mahlstedt, Hamburg
Gesetzt aus der Trump Mediäval LT Std
Druck und Bindung: GGP Media GmbH, Pößneck
Printed in Germany
ISBN: 978-3-455-01005-3

HOFFMANN
UND CAMPE

Ein Unternehmen der
GANSKE VERLAGSGRUPPE

Inhalt

Die Versuchung

Maria betrachtete das Kind, das vor ihr in der Krippe lag. Sie war allein im Stall – bis auf die Tiere. Ihr Herz war erfüllt von stolzem Glück, als sie auf ihr Kind hinablächelte.

Da vernahm sie plötzlich Flügelrauschen, und als sie sich umwandte, erblickte sie unter der Tür einen großen Engel.

Ein Strahlen wie der Glanz der Morgensonne umgab ihn, und die Schönheit seines Antlitzes war so groß, dass Marias Augen geblendet wurden und sie den Kopf abwenden musste.

Und der Engel sprach zu ihr, und seine Stimme glich einer goldenen Posaune: »Fürchte dich nicht, Maria ...«

Maria aber antwortete mit ihrer lieben, sanften Stimme: »Ich fürchte mich nicht, o Abgesandter Gottes, aber das Licht deiner Erscheinung blendet mich.«

Der Engel sprach: »Ich bin gekommen, um mit dir zu sprechen.«

Maria sagte: »So sprich. Lass mich hören, was Gott der Herr mir gebietet.«

Der Engel sprach: »Ich bin nicht mit Geboten gekommen. Aber da Gott dich besonders liebt, lässt er dich mit meiner Hilfe in die Zukunft sehen ...«

Maria blickte auf ihr Kind und fragte eifrig: »In seine Zukunft?«

Ihr Gesicht erhellte sich in freudiger Erwartung.

»Ja«, antwortete der Engel ruhig, »in *seine* Zukunft. Gib mir deine Hand.«

Maria streckte ihre Hand aus und ergriff die des Engels.

Es war, als ob eine Flamme sie berühre – eine Flamme jedoch, die sie nicht versengte. Sie schrak ein wenig zurück, und der Engel sprach erneut:

»Fürchte dich nicht, Maria. Ich bin unsterblich, und du bist sterblich, aber meine Berührung wird dir nicht weh tun.«

Dann breitete der Engel seinen mächtigen goldenen Flügel über das schlafende Kind und sprach: »Sieh in die Zukunft, Mutter, und sieh deinen Sohn ...«

Maria blickte geradeaus, und die Wände des Stalles schwanden und lösten sich auf, und sie schaute in einen Garten. Es war Nacht, und die Sterne leuchteten am Himmel, und ein Mann kniete dort und betete.

Etwas regte sich in Marias Herz und sagte ihr, dass dies ihr Sohn war, der dort kniete. Dankbar sagte sie zu sich selbst: »Er ist ein guter Mensch geworden – ein frommer Mensch –, er betet zu Gott.« Doch dann hielt sie plötzlich den Atem an, denn der Mann hob sein Gesicht, und sie sah den Schmerz darin, die Verzweiflung und die Trauer ... Und sie wusste, dass sie größere Qualen sah, als sie jemals gekannt oder gesehen hatte. Denn der Mann war vollkommen allein. Er betete zu Gott, betete, dass dieser Kelch der Qualen von ihm genommen werde – doch sein Gebet blieb ohne Antwort. Gott war fern und schwieg.

Und Maria schrie auf: »Warum antwortet Gott ihm nicht und tröstet ihn?«

Und sie hörte die Stimme des Engels, die sagte: »Es ist nicht in Gottes Ratschluss, dass er getröstet werde.«

Da beugte Maria demütig ihr Haupt und sprach:

»Es ist nicht an uns, die unerforschlichen Ratschlüsse Gottes zu kennen. Aber hat dieser Mensch – mein Sohn – keine mitfühlenden, menschlichen Freunde?«

Der Engel rauschte mit seinem Flügel, und das Bild wechselte zu einem anderen Teil des Gartens, und Maria sah darin schlafende Männer liegen.

Voller Bitterkeit sagte sie: »Er braucht sie – mein Sohn braucht sie –, und sie kümmern sich nicht!«

Der Engel sprach: »Sie sind nur fehlbare menschliche Geschöpfe.«

Maria murmelte zu sich selbst: »Aber er ist ein *guter* Mensch, mein Sohn. Ein guter und aufrechter Mensch.«

Und wieder rauschte der Engelsflügel, und Maria sah einen Weg, der sich einen Hügel hinaufwand, und darauf drei Männer, die Kreuze schleppten, und eine Menge, die ihnen folgte, und römische Soldaten.

Der Engel sprach: »Was siehst du jetzt?«

Maria sagte: »Ich sehe drei Verbrecher auf dem Weg zu ihrer Hinrichtung.«

Der Mann zur Linken wandte den Kopf, und Maria sah ein grausames, verschlagenes Gesicht, einen niederen, bestialischen Kerl – und sie fuhr zurück.

»Ja«, sagte sie, »es *sind* Verbrecher.«

Da aber stolperte der Mann in der Mitte und stürzte beinahe, und als er sein Gesicht hob, erkannte Maria ihn und schrie heftig auf: »Nein, nein, es kann nicht sein, dass mein Sohn ein *Verbrecher* ist.«

Aber der Engel rauschte mit seinem Flügel, und sie sah drei aufgerichtete Kreuze, und die Gestalt, die in Qualen an dem mittleren hing, war der Mann, den sie als ihren Sohn erkannte. Seine gesprungenen Lippen öffneten sich, und sie vernahm die Worte, die sie hervorbrachten:

»Mein Gott, mein Gott, warum hast du mich verlassen?«

Und Maria rief aus: »Nein, nein, das ist nicht wahr! Er kann nichts wirklich Böses getan haben. Es muss ein furchtbarer Irrtum sein. So etwas gibt es zuweilen. Man muss ihn verwechselt haben; man hat ihn für jemand anderen gehalten. Er büßt für das Verbrechen eines anderen.«

Abermals rauschte der Engel mit seinem Flügel, und diesmal erblickte Maria die Gestalt des Mannes, den sie auf Erden am meisten verehrte – den Hohepriester des Tempels. Er sah edel aus, und er erhob sich, und mit würdevoller Gebärde zerriss er das Gewand, das er trug, und rief mit lauter Stimme: »Dieser Mann hat Gott gelästert.«

Und Maria blickte über ihn hinweg und sah die Gestalt des Mannes, der Gott gelästert hatte – und es war ihr Sohn.

Dann verblassten die Bilder, und da war nur die Lehmwand des Stalles, und Maria bebte und schluchzte gebrochen: »Ich kann es nicht glauben – ich *kann* es nicht glauben. Wir sind eine gottesfürchtige, rechtschaffene Familie – meine ganze Familie und Josephs Familie auch. Und wir werden ihn sorgsam dazu erziehen, seiner Religion gemäß zu leben und den Glauben seiner Väter zu achten und zu ehren. Kein Sohn von uns könnte der Gotteslästerung schuldig sein – ich *kann* es nicht glauben! Was du mir gezeigt hast, kann nicht die Wahrheit sein.«

Doch der Engel sprach: »Sieh mich an, Maria.«

Und Maria sah ihn an und sah die Strahlen, die ihn umgaben, und die Schönheit seines Antlitzes.

Und der Engel sprach: »Was ich dir gezeigt habe, ist die Wahrheit. Denn ich bin der Morgenengel, und das Licht des Morgens ist die Wahrheit. Glaubst du mir jetzt?«

Und wider all ihren Willen erkannte Maria, dass wirklich Wahrheit war, was der Engel ihr gezeigt hatte. Sie konnte nicht mehr daran zweifeln.

Tränen strömten über ihre Wangen. Sie beugte sich über das Kind in der Krippe, die Arme ausgebreitet, wie um es zu beschützen.

»Mein Kind«, schluchzte sie. »Mein kleines, hilfloses Kind, was kann ich tun, um dich zu retten? Dir das zu ersparen, was da kommen wird? Nicht nur den Kummer und den Schmerz, sondern auch das Böse, das in deinem Herzen wachsen wird? Oh, es wäre besser, du wärest nie geboren worden oder bei deinem ersten Atemzug gestorben. Dann wärest du rein und unbefleckt zu Gott zurückgekehrt.«

Und der Engel sprach: »Deshalb bin ich zu dir gekommen, Maria.«

Maria sagte: »Was meinst du damit?«

Der Engel antwortete: »Du hast in die Zukunft gesehen. Es steht in deiner Macht zu sagen, ob dein Kind leben oder sterben soll.« Maria beugte ihr Haupt, und unter unterdrücktem Schluchzen flüsterte sie: »Der Herr hat ihn mir gegeben ... Wenn der Herr ihn mir wieder nehmen wird, so sehe ich ein, dass es barmherzig ist, und auch wenn es mein Herz zerreißt, unterwerfe ich mich Gottes Willen.«

Aber der Engel sprach sanft: »So ist es nicht. Gott gebietet es dir nicht. Die Wahl ist die deine. Du hast in die Zukunft geschaut. Wähle nun, ob das Kind leben oder sterben soll.«

Da schwieg Maria eine Weile. Sie war eine Frau, die langsam dachte. Einmal blickte sie hin zu dem Engel um Rat, aber der Engel gab ihr keinen. Er war golden und schön und unendlich fern.

Sie dachte an die Bilder, die er ihr gezeigt hatte, an die Qual in dem Garten, den schmachvollen Tod eines Mannes, der in der Stunde seines Todes von Gott verlassen war, und sie hörte erneut das schreckliche Wort *Gotteslästerung*.

Und jetzt, in diesem Augenblick, war das schlafende Kind rein und unschuldig und glücklich …

Aber sie entschied sich nicht gleich, sie dachte weiter nach, rief sich immer und immer wieder die Bilder zurück, die ihr gezeigt worden waren. Und dabei geschah etwas Seltsames. Plötzlich erinnerte sie sich an Kleinigkeiten, die sie vorher nicht beachtet hatte. So sah sie zum Beispiel das Gesicht des Mannes an dem Kreuz zur Rechten: Kein böses Gesicht, nur ein schwaches – und es war dem Kreuz in der Mitte zugewandt, und ein Ausdruck von Liebe und Vertrauen und Bewunderung lag darin.

Mit plötzlichem Erstaunen wurde Maria bewusst: »Es war *mein* Sohn, den er so anschaute.«

Und ebenso plötzlich, klar und deutlich sah sie das Gesicht ihres Sohnes, wie es auf seine schlafenden Gefährten in dem Garten herabblickte. Trauer lag darin, Mitleid und Verstehen und große Liebe … Und sie dachte: »Es ist das Gesicht eines *guten* Menschen.« Und sie sah auch noch einmal den Gerichtshof. Aber dieses Mal schaute sie nicht auf den prächtigen Hohepriester, sondern auf das Gesicht des angeklagten Mannes: In seinen Augen war kein Bewusstsein von Schuld.

Und Marias Gesicht wurde sehr verwirrt.

Da sprach der Engel: »Hast du deine Wahl getroffen, Maria? Willst du deinem Sohn Leid und Sünde ersparen?«

Und Maria sagte langsam: »Es ist nicht an mir, einem unwissenden und einfachen Weib, den hohen Ratschluss Gottes zu verstehen. Der Herr gab mir mein Kind. Wenn der Herr es mir nimmt, dann ist es *sein* Wille. Aber da Gott ihm das Leben gegeben

hat, ist es nicht an mir, ihm dieses Leben zu nehmen. Denn es mag sein, dass es im Leben meines
Kindes Geschehnisse gibt, die ich nicht richtig verstehe. Es mag sein, dass ich nur einen *Teil* eines Bil-
des gesehen habe und nicht das ganze. Das Leben
meines Kindes gehört ihm, nicht mir, und ich habe
kein Recht, darüber zu bestimmen.«

»Denke noch einmal nach«, drängte der Engel.
»Willst du mir nicht dein Kind in die Arme legen,
und ich bringe es zurück zu Gott?«

»Nimm es in deine Arme, wenn dies Gottes Ge-
bot ist«, sagte Maria. »*Ich* aber werde es dir nicht
hineinlegen.«

Da erhob sich ein mächtiges Flügelrauschen,
und ein Blitzstrahl flammte auf, und der Engel verschwand.

Ein wenig später kam Joseph, und Maria berich-
tete ihm, was geschehen war. Joseph billigte, was
Maria getan hatte.

»Du hast recht getan, Weib«, sagte er. »Und wer
weiß, vielleicht hat dieser Engel gelogen.«

»Nein«, sagte Maria. »Er hat nicht gelogen.«

Mit ihrem ganzen Fühlen war sie dessen sicher.

»Ich glaube von alldem kein Wort«, sagte Joseph

fest. »Wir werden unseren Sohn sehr sorgsam erziehen und im Glauben unterweisen, denn es ist die Erziehung, die zählt. Er wird in meiner Werkstatt arbeiten, am Sabbat mit uns in die Synagoge gehen und alle Festtage und Gebote einhalten.«

Maria schaute in die Krippe und sagte: »Sieh nur, unser Sohn lächelt.«

Und wirklich, das Knäblein lächelte und streckte seine winzigen Hände der Mutter entgegen, als wollte es sagen: »Gut gemacht.«

Hoch droben jedoch, im blauen Himmelsgewölbe, bebte der Engel vor Hochmut und Zorn.

»Dass ich bei einem törichten, unwissenden Weib versagt habe! Aber es wird eine andere Gelegenheit geben. Eines Tages, wenn *Er* erschöpft und hungrig und schwach sein wird, werde ich ihn auf den Gipfel eines Berges führen und ihm die Königreiche dieser meiner Welt zeigen. Ich werde ihm die Herrschaft über sie alle anbieten. Er soll Städte und Könige und Völker beherrschen. Er soll die Macht haben, Krieg, Hunger und Unterdrückung ein Ende zu bereiten. Ein einziges Zeichen, dass er gewillt ist, mich anzubeten, und es soll ihm gegeben sein, Frieden und Überfluss, Zufriedenheit und guten Willen zu schaffen – sich selbst als höchste Kraft des Guten zu erkennen. *Dieser* Versuchung wird er niemals widerstehen können!«

Und Luzifer, der Sohn des Morgens, lachte in seiner Unwissenheit und seinem Hochmut laut auf und fuhr durch den Himmel wie ein brennender Feuerstrahl, hinab in die untersten Tiefen ...

Im Osten aber traten drei Himmelskundige vor ihre Herren und sprachen: »Wir haben ein mächtiges Licht am Himmel gesehen. Ein großer Herrscher muss geboren worden sein.«

Doch während alle von Zeichen und Wundern flüsterten und redeten, murmelte ein sehr alter Sterndeuter: »Ein Zeichen Gottes? Gott hat keine Zeichen und Wunder nötig. Es scheint mir eher ein Zeichen Satans. Ich meine, wenn Gott zu uns kommen wollte, dann würde er ganz still kommen.«

Im Stall aber herrschten Freude und Jubel. Der Esel schrie, der Ochse brüllte, Pferde wieherten, und Männer und Frauen drängten herbei, um das Kind zu sehen, und reichten es von einem zum anderen, und es lachte und jauchzte und lächelte sie alle an.

»Seht«, riefen sie. »Es liebt uns alle. Noch nie hat es solch ein Kind gegeben ...«

Der unfolgsame Esel

E s war einmal ein sehr unfolgsamer kleiner Esel. Er liebte es geradezu, unfolgsam zu sein. Wenn ihm etwas auf den Rücken geladen wurde, warf er es ab, und er rannte den Leuten nach und versuchte, sie zu beißen. Sein Herr konnte nichts mit ihm anfangen, und so verkaufte er ihn an einen anderen Herrn, und dieser Herr konnte auch nichts mit ihm anfangen und verkaufte ihn ebenfalls, und schließlich wurde er für ein paar Pfennige einem schrecklichen alten Mann gegeben, der alte, abgearbeitete Esel aufkaufte und sie durch Schinderei und schlimme Behandlung umbrachte. Aber der unfolgsame Esel jagte den alten Mann und biss ihn und rannte dann mit fliegenden Hufen davon. Er wollte sich nicht wieder einfangen lassen, deshalb schloss er sich einer Menschenmenge an, die ihres Weges zog.

»Unter all den vielen Menschen wird niemand wissen, wo ich hingehöre«, dachte sich der Esel.

Die Menschen zogen alle nach der Stadt Bethlehem, und als sie dort ankamen, gingen sie in einen großen *Khan* voller Menschen und Tiere.

Der kleine Esel aber schlüpfte in einen hübschen kleinen Stall, in dem schon ein Ochse und ein Kamel standen. Das Kamel war sehr hochmütig wie alle Kamele, denn die Kamele glauben, nur sie allein wüssten den hundertsten und geheimen Namen Gottes. Das Kamel war zu stolz, um mit dem Esel zu sprechen. Deshalb begann der Esel zu prahlen. Er prahlte furchtbar gerne.

»Ich bin ein ganz außergewöhnlicher Esel«, sagte er. »Ich kann sowohl in die Zukunft als auch in die Vergangenheit sehen.«

»Wie soll denn das gehen?«, brummte der Ochse.

»Na ja, einfach genauso, wie ich vorwärts- und rückwärtslaufen kann. Meine Urur- siebenunddreißigmal Urgroßmutter war die sprechende Eselin des Propheten Bileam und hat mit eigenen Augen den Engel des Herrn gesehen.«

Aber der Ochse kaute ungerührt weiter, und das Kamel blieb weiter hochmütig.

Bald darauf kamen ein Mann und eine Frau herein, und es gab eine Menge Aufregung, aber der Esel fand rasch heraus, dass es da gar nichts zum Aufregen gab außer einer Frau, die ein Kind kriegte, und das passiert schließlich jeden Tag. Und nachdem das Kind geboren war, liefen Hirten herbei und machten ein großes Getue um das Kind – aber Hirten sind eben sehr einfältige Leute.

Aber dann erschienen Männer in prunkvoller Kleidung.

»VIPs«, zischte das Kamel.

»Was ist das?«, fragte der Esel.

»Hochwichtige Leute, die Geschenke bringen«, sagte das Kamel.

Der Esel dachte, die Geschenke seien vielleicht was Gutes zum Essen, und als es schließlich dunkel wurde, schnupperte er daran herum. Aber das erste Geschenk war gelb und hart und ohne Geschmack, das zweite brachte den Esel zum Niesen, und als er am dritten leckte, schmeckte es ekelhaft und bitter.

»Was für blödsinnige Geschenke«, brummte der Esel enttäuscht. Aber als er so neben der Krippe stand, streckte das Neugeborene seine kleine Hand aus, fasste ein Ohr des Esels und hielt es fest, wie kleine Kinder das eben tun.

Da passierte etwas ganz Merkwürdiges: Der Esel

hatte auf einmal keine Lust mehr, unfolgsam zu sein. Zum ersten Mal in seinem Leben wollte er brav sein. Er wollte dem Kind ein Geschenk machen, aber er hatte nichts zu verschenken. Das Kind schien sein Ohr zu mögen, aber das war ja ein Teil von *ihm*. Da hatte er eine merkwürdige Idee: Vielleicht konnte er *sich selbst* schenken?

Kurz darauf kam Joseph mit einem hochgewachsenen Fremdling herein. Der Fremde sprach eindringlich auf Joseph ein, und als der Esel die beiden anstarrte, traute er seinen Augen kaum!

Der Fremde schien sich aufzulösen, und an seiner Stelle stand ein Engel des Herrn, eine goldene Gestalt mit Flügeln. Aber gleich darauf verwandelte sich der Engel in einen Mann zurück.

»Du liebe Zeit, ich sehe Gespenster«, sagte der Esel zu sich. »Das muss von all dem Heu kommen, das ich gefressen habe.«

Joseph sprach mit Maria.

»Wir müssen das Kind nehmen und fliehen. Es ist keine Zeit zu verlieren.« Sein Blick fiel auf den Esel. »Wir nehmen den Esel hier und lassen das Geld für seinen Besitzer zurück. So gewinnen wir Zeit.«

Und so zogen sie auf die Straße, die von Bethlehem wegführte. Aber als sie an eine enge Stelle kamen, versperrte ihnen ein Engel des Herrn mit einem flammenden Schwert den Weg, und der Esel, der ihn als Einziger sah, wandte sich seitwärts und begann den Hügel hinaufzuklettern. Joseph versuchte, ihn auf die Straße zurückzuzerren, aber Maria sagte: »Lass ihn. Denk an den Propheten Bileam.«

Denn hatte nicht Bileams Eselin ihren Herrn vor dem Verderben errettet, weil sie störrisch ihren eigenen Weg einschlug?

Und gerade als sie im Schutz einiger Olivenbäume angelangt waren, kamen mit gezogenen Schwertern die Soldaten des Königs Herodes die Straße heruntergesprengt.

»Genau wie bei meiner Urgroßmutter«, sagte der Esel, äußerst zufrieden mit sich. »Nimmt mich nur wunder, ob ich nun auch in die Zukunft sehen kann.«

Er blinzelte mit den Augen – und sah ein verschwommenes Bild: einen Esel, der in eine Grube gefallen war, und einen Mann, der half, ihn herauszuziehen ...

»Na, so was, das ist ja mein Herr als erwachsener

Mann«, sagte der Esel. Dann sah er ein anderes Bild: denselben Mann, der auf einem Esel in eine Stadt ritt … »Natürlich«, sagte der Esel. »Er wird zum König gekrönt!«

Aber die Krone schien nicht aus Gold, sondern aus Dornen zu sein. Der Esel liebte zwar Dornen und Disteln, aber für eine Krone erschienen sie ihm doch unpassend. Und dann war da noch etwas auf einem Schwamm, bitter wie die Myrrhe, an der er im Stall geschnuppert hatte …

Und der kleine Esel wusste plötzlich, dass er nicht mehr in die Zukunft sehen wollte. Er wollte nur in den Tag hineinleben, seinen kleinen Herrn lieben und von ihm geliebt werden und ihn und seine Mutter sicher nach Ägypten tragen.

Die Fahrt auf der Themse

Mrs. Hargreaves mochte Menschen nicht. Sie versuchte es zwar, weil sie eine Frau von hohen Prinzipien und auch eine religiöse Person war und sehr wohl wusste, dass man seine Mitmenschen lieben sollte. Aber sie fand es nicht leicht – und manchmal fand sie es schlicht unmöglich.

Sie war einzig zu dem fähig, was man als Pflichtübung bezeichnen könnte. Sie schickte größere Spenden an Wohltätigkeitsorganisationen, als sie sich eigentlich leisten konnte. Sie gehörte Komitees für gute Zwecke an und nahm sogar an Bürgerversammlungen teil, was sie wirklich mehr Überwindung kostete als irgendetwas anderes, denn das brachte natürlich Körperkontakte mit sich, und sie hasste jegliche Art von Berührung. Ihr fiel es leicht, Empfehlungen wie »Vermeiden Sie die Stoßzeiten« in öffentlichen Verkehrsmitteln zu befolgen; denn in Zügen und Bussen zu fahren, in denen man eng in eine Menschenmenge eingepfercht war, entsprach genau ihrer Vorstellung der Hölle auf Erden.

Wenn jedoch ein Kind auf der Straße hinfiel, hob sie es auf, kaufte ihm Süßigkeiten oder irgendeine Kleinigkeit, um es zu trösten; und sie schickte Bücher und Blumen an die Patienten in den Krankenhäusern.

Ihre größten Zuwendungen aber gingen an Ordensschwestern in Afrika, weil die und deren Schützlinge so weit weg waren, dass sie nie mit ihnen würde in Kontakt treten müssen; aber auch, weil sie die Schwestern bewunderte und beneidete, die offensichtlich *Freude* an der Arbeit hatten, die sie verrichteten, und weil sie sich von ganzem Herzen wünschte, sie wäre auch so.

Mrs. Hargreaves, eine Witwe mittleren Alters, hatte einen Sohn und eine Tochter, beide verheiratet und weit entfernt lebend. Sie selbst wohnte unter recht komfortablen Umständen in London – aber sie mochte nun mal keine Menschen, und es schien auch nichts zu geben, was sie dagegen tun konnte.

An jenem Morgen nun stand sie neben ihrer Putzfrau, die schluchzend auf einem Küchenstuhl saß und sich die Augen wischte.

»... nie was gesagt hat sie, ihrer eigenen Mutter nicht! Einfach an diesen grässlichen Ort gegangen – keine Ahnung, woher sie die Adresse hatte –, und diese schlimme Person hat an ihr rumgemacht, und jetzt hat es sich entzündet, und sie haben sie ins Krankenhaus gebracht. Und da liegt sie nun und stirbt ... Will nicht mal sagen, wer der Mann war – nicht mal jetzt. Es ist fürchterlich – meine eigene Tochter –, sie war so ein niedliches kleines Ding, mit herzigen Locken. Ich hab sie immer so hübsch angezogen. Jeder hat gesagt, was für ein süßes kleines Ding sie war ...«

Sie schniefte und putzte sich die Nase.

Mrs. Hargreaves stand daneben und wäre gerne mitfühlend gewesen, wusste aber nicht, wie, weil sie einfach die richtige Art von Gefühlen dafür nicht kannte.

Sie machte so etwas wie ein beschwichtigendes Geräusch und sagte, dass es ihr sehr, sehr leid täte. Und ob sie irgendetwas tun könnte.

Aber Mrs. Chubb schenkte dieser Frage keine Beachtung.

»Wahrscheinlich hätte ich mich mehr um sie kümmern müssen, am Abend mehr zu Hause bleiben sollen, herausfinden, was sie vorhatte und wer ihre Freunde waren. Aber Kinder haben es heutzutage nicht gern, wenn man seine Nase in ihre Angelegenheiten steckt – und ich wollte noch ein bisschen was extra verdienen. Nicht für mich, ich wollte Elsie einen Plattenspieler kaufen – wo sie doch so musikalisch ist – oder sonst was Nettes für die Wohnung. Ich bin nicht so eine, die ihr ganzes Geld für sich selber ausgibt ...«

Sie hielt an, um sich erneut geräuschvoll die Nase zu putzen.

»Kann ich irgendwie helfen?«, wiederholte Mrs. Hargreaves. Hoffnungsvoll schlug sie vor: »Vielleicht ein Einzelzimmer im Krankenhaus?«

Aber Mrs. Chubb war von dieser Idee nicht sehr angetan.

»Sehr freundlich von Ihnen, aber in der Allgemeinen Abteilung sorgen sie sehr gut für sie. Und es ist unterhaltsamer. Sie würde nicht gern allein in ein Zimmer gesperrt werden. Auf der Allgemeinen, da ist immer was los, wissen Sie.«

Mrs. Hargreaves konnte es sich genau vorstellen!

Einen Haufen Frauen, die im Bett saßen oder mit geschlossenen Augen dalagen; alte Frauen, die nach Krankheit und Altsein rochen – der Geruch nach Armut und Leiden, der den sauberen, unpersönlichen Duft der Desinfektionsmittel überlagerte. Schwestern, die mit Instrumententabletts und Essenswagen oder Waschschüsseln herumrannten, und schließlich die Vorhänge rund um das Bett … Das ganze Bild machte sie schaudern – aber sie konnte ganz gut begreifen, dass Mrs. Chubbs Tochter Trost und Ablenkung auf der Allgemeinen fand, weil Mrs. Chubbs Tochter Menschen eben mochte.

Mrs. Hargreaves stand neben der schluchzenden Mutter und sehnte sich nach einer Gabe, die sie nicht mitbekommen hatte. Sie wünschte sich, der weinenden Frau den Arm um die Schulter legen zu können und irgendetwas völlig Belangloses wie »Schon gut, schon gut, meine Liebe« zu sagen – und es auch zu *meinen*. Aber Pflichtübungen allein würden hier nicht genügen. Und Taten ohne Gefühle waren nutzlos. Sie waren ohne Inhalt.

Ganz plötzlich putzte Mrs. Chubb sich mit einem lauten Trompetenstoß die Nase und richtete sich auf.

Sie glättete ihr Schultertuch und sah mit spontaner und erstaunlicher Fröhlichkeit zu Mrs. Hargreaves auf.

»Es geht doch nichts über so ein richtig gutes Sichausheulen, finden Sie nicht auch?«

Mrs. Hargreaves hatte sich noch niemals so richtig gut ausgeheult. Ihre Kümmernisse waren immer nach innen gerichtet und dunkel gewesen. Sie wusste nicht recht, was sie darauf sagen sollte.

»Tut gut, über die Dinge zu reden«, sagte Mrs. Chubb. »Ich mach jetzt am besten mit dem Abwasch weiter. Übrigens haben wir fast keinen Tee und keine Butter mehr. Ich werd noch schnell einkaufen müssen.«

Mrs. Hargreaves sagte rasch, dass sie den Abwasch selber machen und auch einkaufen gehen würde, und drängte Mrs. Chubb, mit einem Taxi nach Hause zu fahren.

Mrs. Chubb sah keinerlei Grund, ein Taxi zu nehmen, wenn es mit dem Elfer-Bus genauso schnell ging; also gab Mrs. Hargreaves ihr zwei Pfund und sagte, vielleicht würde sie gern ihrer Tochter was mit ins Krankenhaus bringen? Mrs. Chubb bedankte sich und verschwand.

Mrs. Hargreaves ging zum Spülbecken und wusste, dass sie es wieder einmal falsch gemacht hatte. Mrs. Chubb hätte viel lieber am Spülbecken herumhantiert und von Zeit zu Zeit weitere makabre Details zum Besten gegeben. Danach wäre sie einkaufen gegangen, hätte eine Menge Gleichgesinnter getroffen und mit ihnen reden können, und die hätten ebenfalls Verwandte im Krankenhaus gehabt, und alle hätten ihre Geschichten austauschen können. Auf diese Weise wäre die Zeit bis zur Besuchszeit im Krankenhaus schnell und angenehm vergangen.

»Warum tue ich immer das Falsche?«, dachte Mrs. Hargreaves, während sie flink und geschickt abwusch, und brauchte nach einer Antwort nicht lange zu suchen.

Als sie alles weggeräumt hatte, nahm Mrs. Hargreaves eine Einkaufstasche und ging einkaufen. Es war Freitag und daher ein geschäftiger Tag. Im Metzgerladen standen eine Menge Leute. Frauen pressten sich gegen Mrs. Hargreaves, stießen ihr Ellbogen in die Seite, zwängten ihre Taschen und Körbe zwischen sie und die Theke. Mrs. Hargreaves gab immer nach.

»'tschuldigung, ich war vor Ihnen.« Eine große,

dunkelhäutige Frau drängelte sich vor. Es war zwar nicht richtig, und beide wussten es, aber Mrs. Hargreaves trat höflich zurück. Unglücklicherweise erhielt sie eine Verteidigerin, eine dieser dicken, kräftigen Frauen, die Gemeinschaftssinn haben und darauf bestehen, dass der Gerechtigkeit Genüge getan wird.

»Sie hätten sich von der nicht wegdrängeln lassen sollen, meine Liebe«, mahnte sie, lehnte sich schwer auf Mrs. Hargreaves Schulter und atmete ihr Stöße von starkem Pfefferminz ins Gesicht. »Sie waren lange vor der da. Ich bin direkt hinter ihr reingekommen und weiß es genau. Sie sind an der Reihe.« Sie verpasste ihr einen aufmunternden Stoß in die Rippen. »Drücken Sie sich hier rein und kämpfen Sie für Ihr Recht!«

»Es macht mir wirklich nichts aus«, sagte Mrs. Hargreaves. »Ich habe es nicht eilig.« Ihre Haltung gefiel niemandem.

Die ursprüngliche Dränglerin, jetzt in Verhandlung über anderthalb Pfund Rindfleisch, drehte sich um und eröffnete den Kampf mit weinerlicher, leicht fremdländischer Stimme.

»Wenn meinen, Sie vor mir da, warum sagen Sie

nicht? Nützt nix, hochnäsig und oben runter sagen (sie äffte Mrs. Hargreaves nach): ›Es macht mir *wirklich* nichts aus!‹ Was glauben, was *ich* für Gefühle? Ich will nix Extrawurscht.«

»O nein«, sagte Mrs. Hargreaves' Beschützerin spöttisch. »O nein, natürlich nicht! Das wissen wir doch alle, oder nicht?«

Sie schaute in die Runde und bekam sofort ein Echo der Zustimmung. Die Dränglerin schien wohl bekannt zu sein.

»*Die* kennen wir und wie sie's macht«, sagte eine der Frauen drohend.

»Anderthalb Pfund Rindfleisch«, sagte der Metzger und reichte das Paket über die Theke. »Immer mit der Ruhe – wer ist die Nächste?«

Mrs. Hargreaves tätigte ihren Einkauf, flüchtete auf die Straße und dachte, wie ausgesprochen grässlich Menschen doch waren!

Als Nächstes ging sie in den Gemüseladen, um Zitronen und Salat zu kaufen. Die Gemüsefrau war, wie gewöhnlich, sehr herzlich.

»Na, mein Bester, was soll's denn heute sein?« Sie klingelte mit der Kasse, sagte »Jaja« und »Hier, mein Guter«, während sie eine umfangreiche Tüte in die Arme eines älteren Herrn drückte, der sie erschreckt und empört anblickte.

»Sie nennt mich immer so«, erklärte der alte Herr mürrisch, als die Frau nach hinten gegangen war, um Zitronen zu holen. »Mein Guter, Bester, Liebster – dabei kenne ich nicht mal den Namen dieser Person!«

Mrs. Hargreaves sagte, das sei sicher bloß so eine Manier. Der alte Herr machte ein skeptisches Gesicht, ging und hinterließ eine Mrs. Hargreaves, die sich durch die Entdeckung eines Leidensgenossen leicht aufgemuntert fühlte.

Ihre Einkaufstasche war inzwischen ziemlich schwer geworden, sodass sie beschloss, den Bus nach Hause zu nehmen. Vier oder fünf Leute standen schon in einer Schlange an der Haltestelle, und eine schlecht gelaunte Schaffnerin schrie die Fahrgäste an, als der Bus hielt.

»Los, los, Beeilung, wir können hier nicht den ganzen Tag rumstehen!« Sie schubste eine ältere, arthritische Dame, sodass sie in den Bus stolperte, wo jemand sie auffing und zu einem Sitz führte. Dann packte sie Mrs. Hargreaves mit eisernem Griff am Oberarm, was dieser Schmerzen verursachte.

»Los, rein. Alles besetzt!« Sie zog brutal an der Glocke, der Bus schoss vorwärts, und Mrs. Hargreaves fiel auf eine dicke Frau, die – wenn auch nicht absichtlich – zwei Drittel eines Zweiersitzes einnahm.

»Tut mir schrecklich leid«, keuchte Mrs. Hargreaves.

»Noch haufenweise Platz für eine Schlanke«, sagte die dicke Frau munter und tat ohne Erfolg ihr Bestes, um sich dünner zu machen. »Miesen Charakter haben diese Mädchen heutzutage, finden Sie nicht auch? Ich hab Schaffner lieber, die sind nett und höflich und drängeln einen nicht, helfen einem beim Ein- und Aussteigen.«

»Sie können sich Ihre Bemerkungen sparen, vielen Dank«, sagte die Schaffnerin, die nun das Fahrgeld einzog. »Wir haben den Fahrplan einzuhalten, verstanden?«

»Deshalb ist der Bus wohl an der vorletzten Haltestelle so lange stehen geblieben, was?«, sagte die dicke Frau. »Einmal gradaus, bitte.«

Mrs. Hargreaves kam erschöpft von Streitereien und unerwünschter Herzlichkeit zu Hause an und hatte außerdem blaue Flecken am Arm. Die Wohnung erschien friedvoll, und sie sank dankbar in einen Sessel.

Beinahe sofort darauf jedoch erschien der Hausmeister, um die Fenster abzudichten, verfolgte sie durch die ganze Wohnung und erzählte ihr von den Magengeschwüren seiner Schwiegermutter.

Mrs. Hargreaves nahm ihre Handtasche und ging erneut aus. Sie wünschte sich – dringend – eine einsame Insel. Da eine einsame Insel jedoch gerade nicht erreichbar war (und wahrscheinlich das Aufsuchen eines Reisebüros, des Passamtes, Impfen, möglicherweise auch noch das Einholen eines ausländischen Visums und viele andere menschliche Kontakte mit sich gebracht hätte), schlenderte sie zum Fluss hinunter.

»Ein Schiff«, dachte sie hoffnungsvoll.

Sie glaubte, sich an ein regelmäßig verkehrendes Kursschiff auf der Themse zu erinnern. Hatte sie nicht etwas darüber gelesen? Und da war auch ein Landungssteg – etwas weiter unten am Ufer; sie hatte Leute von dort herkommen sehen. Vermutlich war ein Schiff aber auch genauso bevölkert wie alles andere …

Doch sie hatte Glück. Das Ausflugsboot oder

Kursschiff, oder was es auch sein mochte, war ungewöhnlich leer. Mrs. Hargreaves löste eine Fahrkarte nach Greenwich. Es war die ruhigste Zeit des Tages, auch kein besonders schöner Tag – der Wind blies empfindlich kalt –, und so suchten nur wenig Leute ihr Vergnügen auf dem Wasser.

Einige Kinder in der Obhut eines erschöpften Erwachsenen hielten sich im Heck des Schiffes auf, außerdem zwei schwer klassifizierbare Männer und eine alte Frau in abgetragener schwarzer Kleidung. Im Bug des Schiffes stand nur ein einzelner Mann; also ging Mrs. Hargreaves zum Bug, so weit weg von den lärmenden Kindern wie möglich.

Das Schiff glitt vom Steg in die Themse. Auf dem Wasser war es friedvoll. Zum ersten Mal an diesem Tage fühlte Mrs. Hargreaves sich ruhig und gelassen. Sie war entkommen – aber *was* entkommen? »Weg von allem!« lautete die Devise, aber sie wusste nicht genau, was »alles« bedeutete.

Dankbar sah sie sich um. Gesegnetes, gesegnetes Wasser! So … so isolierend. Schiffe zogen ihre Bahn den Fluss auf- und abwärts, aber sie gingen sie nichts an. Die Menschen am Ufer waren mit ihren eigenen Angelegenheiten beschäftigt. Von ihr aus sollten sie glücklich dabei sein. Sie war hier auf einem Schiff und wurde den Fluss hinuntergetragen, dem Meer entgegen.

Es gab Haltestellen, Leute stiegen aus und ein. Das Schiff setzte seine Fahrt fort. Beim Tower stiegen die lärmenden Kinder aus. Mrs. Hargreaves wünschte ihnen leutselig, dass sie die Tower-Besichtigung genössen.

Jetzt hatten sie die Docks passiert. Ihr Gefühl des Glücks und der Gelassenheit nahm zu. Die acht oder neun Leute, die sich noch an Bord befanden, drängten sich alle im Heck zusammen – im Windschutz, dachte sie. Zum ersten Mal schenkte sie ihrem Mitpassagier im Bug etwas mehr Aufmerksamkeit. Irgendein Orientale, dachte sie vage. Er trug einen langen, capeartigen Umhang aus einer Art Wollstoff. Vielleicht ein Araber? Oder ein Berber? Kein Inder jedenfalls.

Aus was für wunderschönem Stoff sein Umhang war! Er schien aus einem Stück gewoben. Und so fein gewoben! Mrs. Hargreaves gehorchte einem unwiderstehlichen Impuls, ihn zu berühren …

Sie konnte sich später niemals wieder das Gefühl zurückrufen, das ihr die Berührung des Umhangs vermittelt hatte. Es war ganz unbeschreiblich. Es war, als ob man ein Kaleidoskop schüttelt: immer dieselben Teilchen, aber anders zusammengesetzt; in neuen Mustern zusammengesetzt ...

Als sie das Schiff bestieg, hatte Mrs. Hargreaves sich selbst und dem Muster ihres Morgens entfliehen wollen. Sie war nicht so entflohen, wie sie sich das vorgestellt hatte. Immer noch war sie sie selbst und immer noch in dem Muster gefangen, das sie in Gedanken nun wieder und wieder durchging. Aber jetzt war etwas anders. Es war ein anderes Muster, weil *sie* anders war.

Sie stand wieder neben Mrs. Chubb – arme Mrs. Chubb – und hörte wieder deren Geschichte, nur war es diesmal eine andere Geschichte. Es ging nicht so sehr darum, was Mrs. Chubb gesagt, sondern was sie gefühlt hatte – ihre Verzweiflung und, ja, ihre Schuld. Denn natürlich gab sie sich insgeheim die Schuld und bemühte sich darum, sich selbst zu überzeugen, dass sie doch alles für ihre Tochter getan hatte – für ihre reizende kleine Tochter: Sie rief sich die Kleidchen und die Süßigkeiten in Erinnerung, die sie ihr gekauft hatte, und wie sie nachgegeben hatte, wenn sie etwas haben wollte – auch wie sie dafür geschuftet hatte. Aber in ihrem Innersten wusste Mrs. Chubb natürlich, dass sie sich nicht nur für Elsies Plattenspieler abgearbeitet hatte, sondern für eine Waschmaschine – so eine, wie Mrs. Peters von nebenan sie hatte (und die damit weidlich angab!). Es war ihr eigener Hausfrauenstolz gewesen, der sie dazu getrieben hatte. Gut, sie hatte Elsie ihr ganzes Leben lang Sachen geschenkt – eine ganze Menge Sachen –, aber hatte sie sich genügend Gedanken über ihre Tochter gemacht? Über die Freunde, die sie sich suchte? Hatte sie je daran gedacht, diese Freunde einmal zu sich einzuladen, oder daran, ob Elsie zu Hause einmal eine Party geben könnte? Hatte sie über Elsies Charakter, ihr Leben und was für sie gut wäre, nachgedacht? Versucht, mehr über Elsie zu erfahren? Elsie war schließlich *ihre* Aufgabe – die wichtigste Aufgabe ihres Lebens. Und das durfte man nicht leichtnehmen. Guter Wille allein genügte da nicht. Man musste es auch fertigbringen, danach zu handeln!

Im Geiste legte Mrs. Hargreaves ihren Arm um Mrs. Chubbs Schultern. Mitfühlend dachte sie: »Sie arme, törichte Person. Es ist ja alles nicht so schlimm, wie Sie denken. *Ich* glaube überhaupt nicht, dass sie stirbt.« Natürlich hatte Mrs. Chubb übertrieben, hatte absichtlich Tragödien heraufbeschworen, weil das eben die Art war, wie Mrs. Chubb das Leben sah – als Melodrama. Das machte das Leben weniger eintönig, leichter zu leben. Mrs. Hargreaves verstand das so gut ...

Andere Menschen kamen Mrs. Hargreaves in den Sinn. Die Frauen, die ihren Kampf am Ladentisch des Metzgers genossen. Lauter Originale! Eigentlich lustig. Vor allem die dicke Rotgesichtige mit ihrer Leidenschaft für Gerechtigkeit. Die hatte einfach Spaß an einem guten Krach.

Warum, um Himmels willen, wunderte Mrs. Hargreaves sich, hatte sie was dagegen gehabt, von der Gemüsefrau »gute Frau« genannt zu werden? Das war doch ein Ausdruck von Freundlichkeit.

Und die schlecht gelaunte Busschaffnerin: Natürlich! Als sie sich's überlegte, erkannte sie den Grund. Der Freund hatte sie gestern Abend versetzt. Und deshalb hasste sie alles und jeden, hasste ihr armseliges Leben, wollte andere Menschen ihre Macht fühlen lassen – man konnte so leicht so empfinden, wenn alles schiefging ...

Das Kaleidoskop wurde geschüttelt – wechselte das Muster. Jetzt *betrachtete* Mrs. Hargreaves es nicht nur – jetzt war sie selber mittendrin, war ein Teilchen davon ...

Das Schiff tutete. Sie seufzte, rührte sich, öffnete die Augen. Sie waren in Greenwich angekommen.

Mrs. Hargreaves fuhr mit dem Zug von Greenwich zurück. Der Zug war zu dieser Tageszeit fast leer.

Aber Mrs. Hargreaves hätte es auch nichts ausgemacht, wenn er voll gewesen wäre ...

Denn für eine kurze Zeitspanne fühlte sie sich eins mit ihren Mitmenschen. *Sie mochte Menschen.* Beinahe liebte sie sie!

Das würde natürlich nicht andauern. Das wusste sie. Eine völlige Wesensänderung lag nicht innerhalb der Grenzen der Realität. Aber sie verstand genau, was ihr geschenkt worden war, und sie war zutiefst und demütig dankbar dafür.

Sie wusste jetzt, was es war, wonach sie sich gesehnt hatte. Sie wusste jetzt, welche Wärme und welches Glück es mit sich brachte – nicht durch intellektuelle Betrachtung von außen, sondern vom Inneren. Vom *Fühlen*.

Und vielleicht, weil sie jetzt wusste, was es war, konnte sie den Weg dazu lernen …?

Sie dachte an den Umhang, harmonisch in einem Stück gewoben. Das Gesicht des Mannes hatte sie nicht sehen können. Aber sie glaubte zu wissen, wer er war …

Die Wärme und die Vision begannen bereits zu schwinden. Aber sie würde nicht vergessen – niemals würde sie vergessen!

»Danke«, sagte Mrs. Hargreaves aus tiefstem, dankbarem Herzen.

Sie sagte es laut im leeren Zugabteil.

Der Kontrolleur auf dem Schiff starrte auf die Fahrkarten in seiner Hand.

»Wo ist der andere?«, fragte er.

»Wen genau meinst du?«, sagte der Kapitän, der sich gerade anschickte, zur Mittagspause an Land zu gehen.

»Es muss noch jemand an Bord sein. Es waren ganz sicher acht Passagiere, ich hab sie gezählt. Aber ich hab nur sieben Fahrkarten.«

»Hier an Bord ist niemand mehr, das siehst du doch. Einer muss ausgestiegen sein, ohne dass du

es gemerkt hast – oder aber er ist übers Wasser ge-
wandelt!«

Und der Kapitän lachte schallend über seinen eigenen Witz.

In der Abendkühle

Die Kirche war ziemlich voll. Die Abendandachten waren heutzutage beinahe immer besser besucht als der Morgengottesdienst.

Mrs. Grierson und ihr Mann knieten Seite an Seite in der fünften Bankreihe auf der Kanzelseite. Mrs. Grierson kniete sehr schicklich, den Rücken anmutig vorgebeugt. Eine der üblichen Gläubigen, würde man sagen, ein sanftes und gemäßigtes Gebet flüsternd.

Aber Janet Griersons Bittgebet war keineswegs sanft. Es raste auf Feuerschwingen gen Himmel.

»Lieber Gott, hilf ihm! Erbarme dich seiner. Erbarme dich *meiner*. Heile ihn, Herr. Du hast die Macht. Erbarme dich – erbarme dich. Strecke deine Hand aus. Erleuchte seinen Geist. Er ist so ein lieber Junge – so sanft, so liebenswert, so unschuldig. Lass ihn gesund werden, lass ihn *normal* werden. Höre mich, Herr, erhöre mich … Verlange von mir, was du willst, aber strecke deine Hand aus und mache ihn gesund. O Gott, erhöre mich. Dir ist alles möglich. Mein Glaube muss ihn gesund machen – und ich *bin* gläubig – ich glaube. Ich *glaube!* Hilf mir!«

Die Leute standen auf, auch Mrs. Grierson. Elegant, geschmackvoll gekleidet, beherrscht. Der Gottesdienst ging weiter.

Der Pfarrer stieg auf die Kanzel, hielt seine Predigt. Über den 95. Psalm, Vers 0: »Sie sind ein Volk, dessen Herz in die Irre geht; denn meine Wege kennen sie nicht.«

Der Pfarrer war ein gütiger Mann, aber kein sehr redegewandter. Er bemühte sich redlich, seinen Zuhörern die Gedanken zu vermitteln, die der Text ihm eingegeben hatte. Ein Volk, das in die Irre ging, nicht damit, was es *tat*, nicht in Taten, die Gott missfielen, nicht offen in Sünde – sondern ein Volk, das nicht einmal wusste, dass es in die Irre ging. Ein Volk, das ganz einfach Gott nicht kannte, nicht wusste, was Gott war, was er wollte, wie er sich zu erkennen gab. Es hätte wissend werden können. Das war der Punkt, den der Pfarrer sich so sehr bemühte klarzumachen. Unwissenheit ist keine Entschuldigung. Sie hätten wissend werden *können.*

Er wandte sich nach Osten.

»Und nun zu Gott dem Vater ...«

Er hatte es ganz schlecht vorgebracht, dachte der Pfarrer betrübt. Er hatte ihnen nicht klarmachen können, was er meinte.

Eine recht gute Gemeinde, heute Abend. Wie viele von ihnen *erkannten* Gott wirklich, fragte er sich.

Janet Grierson kniete wieder und betete mit Inbrunst und Verzweiflung. Es war eine Frage des Willens, der Konzentration. Wenn sie zu Ihm durchdringen konnte – Gott war allmächtig. Wenn sie Ihn erreichen konnte.

Einen Augenblick lang meinte sie, zu ihm gelangt zu sein – doch dann kam das irritierende Gescharre der Leute, die sich erhoben, Seufzen, Gedränge. Ihr Mann berührte sie am Arm. Widerstrebend stand sie auf. Ihr Gesicht war blass. Ihr Mann betrachtete sie mit leichtem Stirnrunzeln. Er war ein zurückhaltender Mensch, der Intensität in jeder Form verabscheute.

Vor der Kirche trafen sie Freunde.

»Was für ein schicker Hut, Janet. Ist der neu?«

»Nein, der ist uralt.«

»Hüte sind so schwierig«, klagte Mrs. Stewart. »Auf dem Land trägt man kaum welche, und dann fühlt man sich sonntags komisch. Janet, ihr kennt Mrs. Lamphrey noch nicht – Mrs. Grierson, Major Grierson. Die Lamphreys haben ›Island Lodge‹ gekauft.«

»Freut mich«, sagte Janet händeschüttelnd. »Es ist ein entzückendes Haus.«

»Jeder warnt uns, dass es im Winter überschwemmt wird«, sagte Mrs. Lamphrey bekümmert.

»Aber nein – zumindest nicht jedes Jahr.«

»Aber doch öfter? Ich hab's ja gewusst! Aber die Kinder waren verrückt nach dem Haus. Und sie fänden eine Überschwemmung natürlich herrlich.«

»Wie viele haben Sie denn?«

»Zwei Jungen und ein Mädchen.«

»Edward ist im gleichen Alter wie unser Johnnie«, erklärte Mrs. Stewart. »Ich nehme an, er kommt nächstes Jahr auch ins Internat. Unser Johnnie ist in Winchester.«

»Ach, Edward ist einfach zu schwachsinnig, um je die Aufnahmeprüfung zu bestehen«, seufzte Mrs. Lamphrey. »Er interessiert sich für nichts anderes als für Sport. Wir werden ihn auf eine Vorbereitungsschule schicken müssen. Ist das nicht schrecklich, Mrs. Grierson, wenn man derart schwachsinnige Kinder hat?«

Sie spürte sofort, wie alle erstarrten. Rascher Themawechsel – das bevorstehende Dorffest.

Als das Grüppchen sich auflöste und sich in verschiedene Richtungen entfernte, sagte Mrs. Stewart zu ihrer Freundin Mrs. Lamphrey: »Schätzchen, ich hätte dich warnen sollen!«

»Hab ich was Falsches gesagt? Es kam mir so vor – aber was ist los?«

»Die Griersons. Ihr Junge. Sie haben nur den einen. Und der ist nicht normal. Geistig zurückgeblieben.«

»Wie entsetzlich – aber das konnte ich ja nicht wissen. Warum trete ich aber auch immer ins Fettnäpfchen?«

»Es ist nur, weil Janet so empfindlich ist ...«

Als sie auf dem Feldweg nach Hause gingen, sagte Rodney Grierson freundlich: »Sie haben es nicht so gemeint, Janet. Die Frau wusste es nicht.«

»Nein, natürlich nicht.«

»Janet, könntest du nicht versuchen ...«

»Was versuchen?«

»Es ist nicht so schwer zu nehmen. Kannst du denn nicht akzeptieren ...«

Sie unterbrach ihn, die Stimme schrill und verzerrt.

»Nein, ich kann nicht *akzeptieren* – wie du das ausdrückst. Es muss doch *etwas* geben, was man dagegen tun kann. Körperlich ist er so perfekt. Es muss irgendeine Drüse sein, irgendwas ganz Einfaches. Die Ärzte werden es eines Tages herausfinden. Es *muss* einfach etwas geben – Spritzen, Hypnose ...«

»Du quälst dich nur selbst. All die Ärzte, zu denen du ihn schleppst. Das verwirrt den Jungen.«

»Ich bin nicht wie du, Rodney. Ich gebe nicht auf. Ich habe gerade wieder in der Kirche gebetet.«

»Du betest zu viel.«

»Wie kann man *zu viel* beten? Ich glaube an Gott, sage ich dir. Ich *glaube* an ihn. Ich bin gläubig – und Glaube kann Berge versetzen.«

»Du kannst Gott nicht befehlen, Janet.«

»Was für komische Sachen du sagst!«

»Nun ...« Major Grierson wand sich unbehaglich.

»Ich glaube, du weißt nicht, was Glaube bedeutet.«

»Ich nehme an, dasselbe wie Vertrauen.« Janet Grierson hörte ihm nicht zu.

»Heute, in der Kirche, hatte ich ein schreckliches Gefühl. Ich fühlte, dass Gott nicht da war. Nicht, dass es keinen Gott gäbe, aber dass er woanders war ... aber wo?«

»Also wirklich, Janet!«

»Wo kann Er gewesen sein? Wo finde ich Ihn?«

Nur mit großer Anstrengung beruhigte sie sich, als sie durch ihr Gartentor traten. Eine untersetzte Frau mittleren Alters kam ihnen lächelnd entgegen.

»War es ein schöner Gottesdienst? Das Abendessen ist gleich fertig. In zehn Minuten.«

»Fein, vielen Dank, Gertrud. Wo ist Alan?«

»Hinten, im Garten, wie gewöhnlich. Ich rufe ihn.«

Sie hielt trichterförmig ihre Hände vor den Mund. »A-lan. A-lan.«

Eilig kam ein Junge angerannt. Er war blond und blauäugig, sah aufgeregt und glücklich aus.

»Papi, Mami – schaut, was ich gefunden habe.«

Vorsichtig öffnete er seine schützend zusammen-

gelegten Hände und zeigte ihnen das kleine Lebe-
wesen, das sie umschlossen.

»Igitt, grässlich.« Janet Grierson wandte sich
schaudernd ab.

»Magst du ihn nicht? Papi!« Er wandte sich an seinen Vater. »Guck doch mal, halb ist er ein Frosch –
aber er ist kein Frosch, er hat Federn und so was
wie Flügel. Er ist ganz neu, nicht wie die andern Tiere.«

Er kam näher und senkte die Stimme.

»Ich hab auch schon einen Namen für ihn. Ich
nenne ihn Raphion. Ist das nicht ein hübscher
Name?«

»Sehr hübsch, mein Junge«, sagte sein Vater mit
etwas Mühe.

Der Junge setzte das merkwürdige Wesen auf die
Erde.

»Hüpf davon, Raphion, oder flieg, wenn du
kannst. Weg ist er. Er hat keine Angst vor mir.«

»Komm jetzt und mach dich zum Essen fertig,
Alan«, sagte seine Mutter.

»Au ja, ich hab Hunger.«

»Was hast du denn gemacht?«

»Ach, ich war hinten im Garten und hab mit einem Freund gesprochen. Er hilft mir, Namen für die Tiere zu finden. Wir haben viel Spaß miteinander.«

»Er ist glücklich, Janet«, sagte Grierson, als der Junge die Treppe hinaufrannte.

»Ich weiß. Aber was soll aus ihm werden? Und die grässlichen Dinger, die er immer findet. Die sind neuerdings aber auch überall seit dem Unfall im Forschungszentrum.«

»Sie werden aussterben. Das tun Mutationen meistens.«

»Komische Köpfe ... und zu viele Beine!« Sie schauderte.

»Na, dann denk doch mal an Tausendfüßler. Hast du gegen die auch was?«

»Die sind natürlich.«

»Vielleicht muss es alles irgendwann zum ersten Mal geben.«

Alan kam die Treppe wieder heruntergerannt. Sie setzten sich zum Essen.

»Hattet ihr es schön? Wo wart ihr denn? In der Kirche?« Er lachte und wiederholte das Wort. »Kirche ... Kirche, das ist ein komischer Name.«

»Er bedeutet Gotteshaus.«

»So? Ich hab nicht gewusst, dass Gott in einem Haus wohnt.«

»Gott ist im Himmel, mein Schatz. Oben über den Wolken. Das habe ich dir doch schon erklärt.«

»Aber nicht immer. Kommt er nicht manchmal runter, um rumzulaufen? Abends? Im Sommer? Wenn es schön und kühl ist?«

»Im Garten Eden«, sagte Grierson lächelnd.

»Nein, hier in unserem Garten. Er würde alle die komischen neuen Dinger und Tiere genauso gern haben wie ich.«

Janet zuckte zusammen.

»Diese komischen Tiere, mein Schatz …«, sie zögerte. »Weißt du, es gab einen Unfall. In dem großen Zentrum in den Bergen. Deshalb gibt es so viele komische … Dinger in der Gegend. Sie kommen so auf die Welt. Das ist sehr traurig.«

»Wieso? Ich finde das aufregend. Wenn immer wieder was Neues geboren wird. Dann muss ich Namen dafür finden. Manchmal fallen mir sehr schöne Namen ein.«

Er wand sich aus seinem Stuhl.

»Ich bin fertig. Darf ich aufstehen? Mein Freund wartet im Garten auf mich.«

Sein Vater nickte. Gertrud sagte freundlich: »Kinder sind doch alle gleich. Sie erfinden sich immer einen ›Freund‹ zum Spielen.«

»Mit fünf vielleicht. Aber nicht mit dreizehn«, sagte Janet bitter.

»Nehmen Sie's nicht so schwer«, tröstete sie Gertrud.

»Wie soll ich das machen?«

»Vielleicht betrachten Sie es ganz falsch.«

Hinten im Garten, wo es kühl war unter den Bäumen, fand Alan seinen Freund.

Er streichelte ein Kaninchen, das nicht ganz ein Kaninchen, sondern irgendetwas anderes war.

»Magst du es, Alan?«

»O ja. Wie wollen wir es nennen?«

»Das musst du sagen.«

»Ja, wirklich? Ich werde es ... ich werde es Forteor nennen. Ist das nicht ein schöner Name?«

»Alle deine Namen sind schön.«

»Hast du auch einen Namen?«

»Ich habe viele Namen.«

»Ist einer davon Gott?«

»Ja.«

»Das habe ich mir gedacht! Du wohnst doch nicht in dem Steinhaus mit dem Turm im Dorf, oder?«

»Ich wohne an vielen Orten ... Aber manchmal, in der Abendkühle, gehe ich in einen Garten – mit einem Freund und spreche mit ihm über die Neue Welt ...«

Die vierzehn Nothelfer

Von der kleinen steinernen Kirche auf dem Hügel wandelten sie bergab.

Es war sehr früh am Morgen, die Stunde vor der Dämmerung. Noch war niemand auf den Beinen, der sie hätte erblicken können, als sie durch das Dorf gingen, nur ein oder zwei Schlafende seufzten und rührten sich im Schlaf. Das einzige menschliche Wesen, das sie an jenem Morgen sah, war Jacob Narracott, der sich grunzend im Straßengraben aufrappelte. Er war letzte Nacht, kurz nachdem er den »Goldenen Drachen« verlassen hatte, hineingefallen.

Er richtete sich auf, rieb sich die Augen und konnte nicht recht glauben, was er sah. Taumelnd kam er auf die Füße und watschelte in Richtung seiner Kate, ganz verwirrt durch den Streich, den seine Augen ihm gespielt hatten. Auf der Kreuzung traf er George Palk, den Dorfpolizisten, der seine Runde machte.

»Du kommst spät nach Haus, Jacob. Oder sollte ich sagen früh?«, grinste der Polizist.

Jacob stöhnte und wiegte den Kopf in beiden Händen.

»Die Regierung hat was mit dem Bier gemacht«, versicherte er. »Wieder damit rumgepanscht. Ich hab mich früher nie so gefühlt.«

»Was wird deine bessere Hälfte sagen, wenn sie dich um diese Zeit nach Hause torkeln sieht?«

»Die wird gar nichts sagen. Die ist zu Besuch bei ihrer Schwester.«

»Und da hast du die Gelegenheit ergriffen, das neue Jahr einzuläuten?«

Jacob brummte. Dann sagte er unsicher: »Hast du eben 'nen Haufen Leute gesehen, George? Die Straße runterkommen?«

»Nein, was für Leute?«

»Komische Leute. Merkwürdig angezogen.«

»Meinst du Punker?«

»Nee, keine Punker. Anders. Irgendwie altmodisch. Paar davon trugen so Zeugs.«

»Was für Zeugs?«

»'n großes Holzrad hatte eine – eine Frau. Und ein Mann mit einem Bratrost. Und 'n Mädchen, gar nicht schlecht sah die aus, prima angezogen, mit 'nem Korb voll Rosen.«

»Rosen? Zu dieser Jahreszeit? War das so was wie 'ne Prozession?«

»Genau. Und Lichter auf dem Kopf hatten sie auch noch.«

»Jetzt reicht's aber, Jacob. Du siehst Gespenster. Geh nach Haus, halt deinen Kopf unter den Wasserhahn und schlaf deinen Rausch aus.«

»Das Komische ist – ich hab das Gefühl, als ob ich die schon mal irgendwo gesehen hätte. Aber ich kann mich ums Verrecken nicht erinnern, wo.«

»Vielleicht Demonstranten?«

»Ich sag dir doch, die waren alle prima in Schale geschmissen, bloß 'n bisschen komisch. Vierzehn waren's im Ganzen. Ich hab sie gezählt. Gingen meist paarweise.«

»Klar, wahrscheinlich 'ne Silvestergesellschaft auf dem Heimweg. Aber wenn du mich fragst – ich würde sagen, du hast im ›Goldenen Drachen‹ zu viel gefeiert, und das erklärt alles.«

»Na ja, gefeiert ham wir schon«, gab Jacob zu. »Hatten ja auch guten Grund. War ja schließlich nicht nur ›Weg mit dem alten Jahr und her mit dem neuen‹. Diesmal hieß es: ›Weg mit dem alten Jahrhundert und her mit dem neuen‹. Erster Januar vom Jahr zweitausend, das ist nämlich heute.«

»Könnte was bedeuten«, sagte der Polizist.

»Noch mehr Zwangsevakuierungen, nehm ich an«, murrte Jacob. »Kein Zuhause ist ja mehr sicher heutzutage. Raus mit dir, heißt's da, und ab in eine von diesen miesen Städten. Oder ab nach Neuseeland oder Australien. Nicht mal Kinder kann man mehr haben, wenn's die Regierung nicht erlaubt. Kannst nicht mal mehr Zeug in deinen eigenen Garten schmeißen, ohne dass die verflixte Gemeinde kommt und befiehlt, es auf die öffentliche Müllhalde zu kippen. Was glauben die denn, für was ein Garten da ist? Niemand behandelt einen mehr wie 'n *Mensch*, so weit ist es gekommen ...«

Sich entfernend, polterte er noch weiter vor sich hin.

»Gutes neues Jahr«, rief der Polizist ihm nach.

Die vierzehn setzten ihren Weg fort.

Die heilige Katharina trudelte ihr Rad unzufrieden vor sich her. Sie wandte den Kopf und sprach mit dem heiligen Lorenz, der seinen Rost untersuchte.

»Was soll ich eigentlich mit dem Ding anfangen?«, fragte sie.

»Ich nehme an, ein Rad ist immer nützlich«, sagte der heilige Lorenz etwas unsicher.

»Wofür?«

»Ich verstehe, was du meinst. Es war für die Folter gedacht, um jemandem die Knochen zu brechen.«

»Aufs Rad geflochten!« Die heilige Katharina überlief ein Schaudern. »Was wirst du mit deinem Rost machen?«

»Ich dachte mir, ich könnte ihn brauchen, um irgendwas zu kochen.«

»Pfui«, rief die heilige Christina, als sie an einem toten Wiesel vorbeikamen.

Die heilige Elisabeth von Ungarn gab ihr eine ihrer Rosen. Die heilige Christina roch dankbar daran.

Die heilige Elisabeth wartete auf den heiligen Petrus. »Ich möchte mal wissen, warum wir alle paarweise gehen«, sagte sie nachdenklich.

»Vielleicht sind immer die zusammen, die etwas gemeinsam haben«, schlug der heilige Petrus vor.

»Etwas gemeinsam haben?«

»Also, wir sind beide Lügner«, sagte Petrus vergnügt.

Trotz der einen Lüge, die niemals vergessen werden würde, war der heilige Petrus ein sehr ehrlicher Mensch. Er kannte die Wahrheit über sich selbst.

»Ich weiß, ich weiß!«, rief Elisabeth. »Aber ich kann es nicht ertragen, mich daran zu erinnern. Wie konnte ich damals nur so feige sein, so schwach? Warum habe ich mich nicht mutig hingestellt und gesagt: ›Ich bringe den Hungrigen Brot?‹ Stattdessen schreit mein Gemahl mich an: ›Was hast du in dem Korb?‹, und ich zittere und stammle: ›Nichts als Rosen‹, und er deckt den Korb auf ...«

»Und da waren es Rosen«, sagte Petrus freundlich.

»Ja. Ein Wunder war geschehen. Warum hat der Herr das für mich getan? Warum hat er meine Lüge hingenommen? Warum? Oh, warum?«

Der heilige Petrus blickte sie an. »Damit du es niemals vergisst«, sagte er. »Damit niemals Stolz in dir aufkommt. Damit du weißt, dass du schwach warst und nicht stark. Auch ich«, er hielt inne und fuhr dann fort, »ich, der ich so sicher war, dass ich Ihn niemals verleugnen könnte, so sicher, dass ich, mehr als alle anderen, standhaft sein würde! Ich war derjenige, der leugnete und diese feigen Lügenworte sprach. Warum hat Er mich auserwählt – einen Menschen wie mich? Hat sogar seine Kirche auf mich gegründet – warum?«

»Das ist doch einfach«, sagte Elisabeth. »Weil du ihn liebtest. Ich glaube, du hast ihn mehr geliebt als jeder der anderen.«

»Ja, ich habe ihn geliebt. Ich war einer der Ersten, der ihm folgte. Ich saß beim Netzeflicken, und ich sah auf, und da stand er und beobachtete mich. Er sagte: ›Folge mir.‹ Und ich folgte ihm. Ich glaube, ich habe ihn vom allerersten Moment an geliebt.«

»Du bist so ein netter Mensch«, sagte Elisabeth.

Der heilige Petrus schwang zweifelnd seinen Schlüsselbund.

»Ich bin mir nicht sicher über diese Kirche, die ich gegründet habe ... Sie ist nicht so herausgekommen, wie wir uns das gedacht hatten.«

»Das tun die Dinge nie. Weißt du«, fuhr Elisabeth nachdenklich fort, »heute tut es mir leid, dass ich damals den Aussätzigen ins Bett meines Gemahls gelegt habe. Damals kam es mir als gute Tat der Glaubensverteidigung vor. Aber in Wirklichkeit ... also sehr nett war es wohl nicht, oder?«

Die heilige Apollonia blieb plötzlich stehen.

»Entschuldigung«, sagte sie. »Ich habe meinen Zahn verloren. Das ist das Dumme dran, wenn man nur ein so kleines Wahrzeichen hat.«

Sie rief: »Antonius, komm her und finde ihn.«

Inzwischen waren sie im Land der Heiligen angekommen, und als sie dessen ganz eigenen Duft einatmeten, jubelte die heilige Christina laut. Die heiligen Vögel sangen, und die Harfen klangen.

Aber die vierzehn hielten sich nicht auf. Sie eilten zum Gerichtshof.

Der Erzengel Gabriel empfing sie.

»Das Gericht tagt bereits«, sagte er. »Tretet ein.«

Der Gerichtssaal war hoch und luftig, die Wände aus Nebel und Wolken.

Der protokollführende Engel schrieb in sein goldenes Buch. Er legte es beiseite, öffnete das Hauptbuch und sagte: »Namen und Adressen, bitte.«

Sie sagten ihre Namen und ihre Adressen. St.-Peter-auf-dem-Hügel, Buckland, Großbritannien.

»Tragt eure Bitte vor«, forderte der protokollführende Engel sie auf.

Der heilige Petrus trat vor. »Unruhe ist über uns gekommen. Wir wollen auf die Erde zurück.«

»Ist der Himmel nicht gut genug für euch?«, fragte der protokollführende Engel, und in seiner Stimme schwang ein leichter Anflug von Sarkasmus mit.

»Er ist zu gut für uns.«

Der protokollführende Engel rückte seine goldene Perücke zurecht, setzte seine goldene Brille auf und sah mit Missbilligung über deren Rand.

»Stellt ihr die Entscheidung eures Schöpfers infrage?«

»Das würden wir nicht wagen – aber es gab da eine Regel …«

Erzengel Gabriel, Vermittler und Fürbitter zwischen Himmel und Erde, erhob sich.

»Darf ich hier eine gesetzliche Frage zu bedenken geben?«

Der protokollführende Engel nickte mit dem Kopf.

»Durch göttliche Verfügung wurde erlassen, dass im Jahre tausend nach Christus und in jedem folgenden tausendsten Jahr alle vor ein Sondergericht gebrachten Fragen neu beurteilt und entschieden werden sollen. Heute beginnt das zweite Jahrtausend. Ich gebe zu bedenken, dass jede Person, die je auf Erden gelebt hat, heute das Recht hat, angehört zu werden.«

Der protokollführende Engel öffnete einen dicken goldenen Folianten und studierte ihn. Als er ihn schloss, sagte er: »Tragt euren Fall vor.«

Der heilige Petrus sprach: »Wir sind für unseren Glauben gestorben. Wir wurden belohnt. Belohnt weit über unsere Verdienste hinaus. Wir ...« Er zögerte und wandte sich zu einem jungen Mann mit schönem Gesicht und brennenden Augen. »Erklär du das.«

»Es war nicht genug«, sagte der junge Mann.

»Eure Belohnung war nicht genug?« Der protokollführende Engel sah empört aus.

»Nicht unsere Belohnung. Unser Verdienst. Für seinen Glauben zu sterben, ein Heiliger zu sein, genügt nicht, um das ewige Leben zu verdienen. Du kennst meine Geschichte. Ich war reich. Ich gehorchte dem Gesetz. Ich hielt mich an die Gebote. Es war nicht genug. Ich ging zum Herrn. Ich sagte zu ihm: ›Herr, was muss ich tun, um das ewige Leben zu erlangen?‹ «

»Es wurde dir gesagt, was du tun musstest, und du hast es getan«, sagte der protokollführende Engel.

»Es war nicht genug.«

»Du hast mehr getan. Du hast deinen ganzen Besitz den Armen gegeben und dann den Jüngern bei ihrer Mission geholfen. Du wurdest zum Märtyrer, zu Tode gesteinigt in Ephesos.«

»Es war nicht genug.«

»Was mehr willst du noch tun?«

»Wir hatten Glauben – brennenden Glauben. Wir hatten den Glauben, der Berge versetzt. Zweitausend Jahre haben uns gelehrt, dass wir mehr hätten tun können. Wir haben nicht immer genug Mitgefühl gehabt ...«

Das Wort kam von seinen Lippen wie der Windhauch von einem Blütenmeer. Es wisperte durch den Himmel ...

»Dies ist unsere Bitte: Lass uns zurückgehen auf die Erde und in Mitgefühl und Mitleid denen helfen, die Hilfe brauchen.«

Ein Murmeln des Einverständnisses kam von den um ihn Stehenden.

Der protokollführende Engel nahm den goldenen Telefonhörer auf und sprach leise murmelnd hinein.

Er lauschte ...

Dann sprach er – knapp und mit Autorität. »Erhöht und von höchster Stelle genehmigt.«

Mit leuchtenden Gesichtern wandten sie sich zum Gehen.

»Gebt eure Kronen und Heiligenscheine an der Tür ab.«

Sie gaben ihre Kronen und Heiligenscheine ab und verließen den Gerichtssaal. Der heilige Thomas kam noch einmal zurück.

»Entschuldigung«, sagte er höflich. »Aber sagtet Ihr vorhin *erhört* oder *erhöht?*«

»Erhöht. Nach zweitausend Jahren Heiligkeit werdet ihr um eine Rangstufe erhöht.«

»Vielen Dank. Ich *dachte,* Ihr sagtet erhöht. Aber ich wollte ganz *sicher* sein.«

Und er folgte den anderen.

»Er musste schon immer sichergehen«, sagte Gabriel. »Manchmal frage ich mich wirklich, wie es wohl ist, wenn man eine unsterbliche Seele hat ...«

Der protokollführende Engel war entsetzt.

»Nimm dich in acht, Gabriel. Du weißt, wie es Luzifer erging.«

»Ich kann nichts dafür, aber manchmal tut mir Luzifer ein bisschen leid. Im Rang niedriger als

Adam zu stehen, muss ihn doch gewaltig stören. Aber mit Adam war ja auch nicht gerade viel los, nicht wahr?«

»Ein unbedeutender Typ«, bestätigte der protokollführende Engel. »Aber er und alle seine Nachkommen sind nach dem Ebenbild Gottes gemacht, mit unsterblichen Seelen. Sie *müssen* im Rang über den Engeln stehen.«

»Ich hab mir oft gedacht, dass Adam eine sehr kleine Seele haben muss.«

»Schließlich muss alles mal irgendwie anfangen«, wies ihn der protokollführende Engel zurecht.

Mrs. Badstock zog und zerrte. Der Geruch der Abfallhalde des Dorfes war nicht angenehm. Ein hässlicher Berg von alten Reifen, kaputten Stühlen, Lumpen, zerbeulten Büchsen und zerbrochenen Bettgestellen. Alles Dinge, die niemand mehr haben wollte. Aber Mrs. Badstock stocherte hoffnungsvoll darin herum. Wenn der alte Kinderwagen noch zu reparieren wäre – sie zerrte erneut, und er löste sich ...

»Mist!«, sagte Mrs. Badstock. Der obere Teil des

Kinderwagens war gar nicht so schlecht, aber die Räder fehlten.

Sie schmiss ihn ärgerlich beiseite.

»Kann ich Ihnen helfen?«, kam eine Frauenstimme aus der Dunkelheit.

»Zwecklos. Das blöde Ding hat keine Räder mehr.«

»Sie brauchen ein Rad? Ich habe eins dabei.«

»Danke, Herzchen. Aber ich brauche vier. Und Ihres ist sowieso viel zu groß.«

»Deshalb dachte ich, ich könnte vielleicht vier draus machen – mit ein bisschen Ändern.« Die Finger der Frau strichen zupfend und ziehend über das Rad.

»So! Wie finden Sie das?«

»Na, so was! Wie haben Sie denn … Also wenn ich jetzt noch ein paar Nägel oder Schrauben hätte … Ich hol mal meinen Mann …«

»Ich glaube, ich kann das auch.« Die Frau beugte sich über den Kinderwagen. Mrs. Badstock schaute genau hin und versuchte zu sehen, was passierte.

Die Frau richtete sich plötzlich auf. Der Kinderwagen stand auf vier Rädern.

»Jetzt braucht er noch etwas Öl und muss innen neu ausgeschlagen werden.«

»Das ist kein Problem! Was für eine Wohltat das sein wird! Ein netter kleiner Heimwerker sind Sie, Herzchen. Wie haben Sie das bloß hingekriegt?«

»Ich weiß es eigentlich auch nicht so genau«, sagte die heilige Katharina ausweichend. »Es ist halt einfach … passiert.«

Die hochgewachsene Frau im Brokatkleid sagte gebieterisch: »Bringt sie ins Haus!«

Der Mann und die Frau schauten sie misstrauisch an und die sechs Kinder auch.

»Die Gemeinde wird uns schon irgendwo unterbringen«, sagte der Mann mürrisch.

»Aber die werden uns auseinanderreißen«, meinte die Frau.

»Und das wollen Sie nicht?«

»Natürlich wollen wir das nicht!«

Drei der Kinder begannen zu heulen. »Haltet euren verdammten Mund«, sagte der Mann ohne Groll.

»Ham uns schon lange angedroht, uns vor die Tür zu setzen«, sagte er. »Jetzt ham 'ses gemacht. Dauernd über die Miete gezetert. Ich hab was Besseres mit meinem Geld vor, als Miete zu zahlen. Typisch für die Gemeinde.«

Ein netter Mann war das nicht. Auch seine Frau war nicht gerade nett, dachte die heilige Barbara. Aber sie liebte ihre Kinder.

»Ihr könnt alle mit zu mir kommen«, sagte sie.

»Wohin denn?«

»Da oben«, zeigte sie.

Sie wandten sich alle um und schauten. »Aber … das ist ja ein *Schloss*«, rief die Frau in ehrfürchtigem Ton aus.

»Ja, es ist ein Schloss. Ihr seht, dass da eine Menge Platz ist …«

Der heilige Cyriakus stand etwas unschlüssig am Meer. Er war sich nicht ganz sicher, was er mit seinem Lachs anfangen sollte.

Er konnte ihn natürlich räuchern – dann wäre er länger haltbar. Die Schwierigkeit war nur, dass eigentlich bloß die Reichen geräucherten Lachs mochten, und die Reichen hatten wirklich schon genug. Die Armen mochten Lachs lieber in Dosen. Vielleicht …

Der Lachs wand sich in seiner Hand, und der heilige Cyriakus schrak zusammen.

»Herr«, sagte der Lachs.

Der heilige Cyriakus betrachtete ihn.

»Ich habe seit bald tausend Jahren das Meer nicht mehr gesehen«, sagte der Lachs flehend.

Der heilige Cyriakus lächelte ihm liebevoll zu. Dann watete er ins Meer und setzte den Lachs behutsam ins Wasser.

»Geh mit Gott«, sagte er.

Er watete an den Strand zurück und stolperte beinahe über einen großen Haufen von Lachskonserven – und eine purpurne Blume steckte oben drin ...

Die heilige Christina schritt eine belebte Straße hinab. Der Verkehr brauste an ihr vorbei, die Luft war voller Abgase.

»Das ist ja schrecklich«, rief die heilige Christina und hielt sich die Nase zu. »Dagegen muss ich etwas tun. Und warum leert man die Abfalleimer nicht öfter?« Sie überlegte. »Vielleicht sollte ich dem Parlament einen Besuch abstatten ...«

Der heilige Petrus war damit beschäftigt, seinen Stand für Brot und Fisch aufzuschlagen.

»Rentner zuerst«, rief er. »Komm nur her, Opa.«

»Sind Sie von der Wohlfahrt?«, fragte der alte Mann misstrauisch.

»So was Ähnliches.«

»Aber nichts mit Religion, oder? Singen tu ich nicht.«

»Wenn das Essen verteilt ist, werde ich predigen. Aber Sie brauchen ja nicht zu bleiben und zuzuhören.«

»Klingt ganz ordentlich. Über was werden Sie denn predigen?«

»Über etwas ganz Einfaches. Nur darüber, wie man das ewige Leben erreicht.«

Ein junger Mann lachte schallend.

»Das ewige Leben! Schöne Hoffnung, das!«

»Ja«, sagte Petrus fröhlich und verteilte Portionen von heißem Fisch. »Es *ist* eine Hoffnung. Denkt daran. Es gibt immer Hoffnung.«

In der Kirche St.-Peter-auf-dem-Hügel saß der Pfarrer betrübt in einer Kirchenbank und beobachtete den selbstbewussten jungen Kunstgeschichtler, der die alten Altargemälde begutachtete.

»Tut mir leid, Hochwürden«, sagte der junge Mann und wandte sich brüsk um. »Ich fürchte, das ist hoffnungslos. Bedaure, vielleicht hätte ich das nicht einfach so sagen sollen. Aber da gibt's nichts mehr zu restaurieren. Kann man nichts machen. Das Holz ist verfault, kaum mehr Farbe drauf – kaum genug, um noch zu erkennen, wie das Original mal war. Was ist es übrigens, fünfzehntes Jahrhundert?«

»Spätes Vierzehntes.«

»Und was stellte es dar? Heilige?«

»Ja. Sieben auf jeder Seite.« Er zählte auf: »St. Lorenz, St. Thomas, St. Stephanus, St. Antonius, St. Petrus, St. Cyriakus und einen, den wir nicht kennen. Auf der anderen Seite: St. Barbara, St. Katharina, St. Apollonia, St. Elisabeth von Ungarn, St. Christina die Erstaunliche, St. Margareta und St. Martha.«

»Wie Sie die alle im Kopf haben!«

»Wir haben alte Kirchenbücher, wenn auch nicht in gutem Zustand. Ein paar konnten wir auch an ihren Wahrzeichen erkennen: St. Barbaras Schloss zum Beispiel und St. Lorenz' Rost. Gemalt wurden sie von einem Bruder Bernhard von der Benediktinerabtei in Froyle.«

»Tut mir leid – meine Beurteilung. Aber es geht eben alles mal dahin. Ich habe gehört, dass Ihnen reiche Gemeindemitglieder neue Altartafeln mit modernen Figuren stiften wollen?«

»Ja«, sagte der Pfarrer ohne große Begeisterung.

»Haben Sie das neue Kirchenzentrum in Huddersfield mal gesehen? Die alten Kirchen waren zu ihrer Zeit ja sicher schön, aber das ist doch was ganz anderes! Man muss sich natürlich erst dran gewöhnen.«

»Sicher. Das muss man wohl.«

»Aber es ist großartig! Hypermodern. Diese alten Heiligen da«, er wedelte mit der Hand in Richtung Altar, »ich nehme an, dass heutzutage kein Mensch auch nur noch die Hälfte davon kennt. Ich jedenfalls bestimmt nicht. Wer war denn St. Christina die Erstaunliche?«

»Eine sehr interessante Person. Sie hatte einen stark ausgeprägten Geruchssinn. Bei ihrem Begräbnis störte sie der Geruch ihres eigenen verwesenden Körpers derart, dass sie mit dem Sarg aufs Kirchendach schwebte.«

»Wow! Das sind ja vielleicht Heilige! Was soll's, es gibt eben alle möglichen komischen Typen auf dieser Welt. Heutzutage wären Ihre ollen Heiligen bestimmt auch ganz anders …«

Die Insel

Es gab fast keine Bäume auf der Insel. Es war eine Felseninsel, unfruchtbares Land, und die Ziegen fanden kaum Futter. Die aus dem Meer ragenden Gesteinsformen waren wunderschön, und ihre Farben veränderten sich mit dem Wechsel des Lichts, von Rosa über Aprikosenfarben zu blassem, verschwommenem Grau, vertieften sich zu Hellviolett und düsterem Purpur und in einem letzten Aufbegehren zu Orange, wenn die Sonne in das so treffend als weindunkel bezeichnete Meer sank. Am frühen Morgen war der Himmel von stolzem, hellem Blau und schien so hoch droben, so weit entfernt, dass es einen mit Ehrfurcht erfüllte, hinaufzublicken.

Aber die Frauen der Insel blickten nicht oft zum Himmel auf, außer sie suchten ängstlich nach Anzeichen für einen Sturm. Sie waren Frauen, und sie mussten arbeiten. Weil Nahrung knapp war, arbeiteten sie hart und unaufhörlich, damit sie und ihre Kinder leben konnten. Die Männer fuhren täglich mit den Booten hinaus. Die Kinder hüteten die Ziegen und spielten in der Sonne selbst erfundene Spiele mit Kieselsteinen.

An diesem Tag mühten sich die Frauen mit großen Krügen frischen Wassers auf dem Kopf den Hang von der Quelle in der Schlucht der Felseninsel zum Dorf hinauf.

Maria war zwar noch kräftig, aber nicht mehr so jung wie die meisten der Frauen, und es kostete sie viel Mühe, mit ihnen Schritt zu halten.

Die Frauen waren fröhlich, denn in ein paar Tagen sollte eine Hochzeit stattfinden. Die kleinen Mädchen tanzten um die Erwachsenen herum und sangen monoton: »Ich gehe auf die Hochzeit ... Ich gehe auf die Hochzeit ... mit einem bunten Band im Haar. ... und esse Rosenblätterkonfitüre ... mit einem großen Löffel ...«

Die Mütter lachten, und eine der Mütter sagte neckend zu ihrem Kind: »Woher willst du wissen, dass ich dich mitnehme zur Hochzeit?«

Bestürzt starrte das Kind sie an.

»Du musst mich mitnehmen ... du musst ... du

musst ...« Und es klammerte sich an Maria und bettelte: »Sie muss mich doch auf die Hochzeit lassen? Sag ihr, dass sie muss!«

Maria lächelte und sagte gütig: »Sie wird dich sicher mitnehmen, mein Liebes!«

Und alle Frauen lachten fröhlich, denn an diesem Tag waren sie alle glücklich und freuten sich auf die Hochzeit.

»Warst du schon einmal auf einer Hochzeit, Maria?«, fragte das Kind.

»Auf ihrer eigenen«, lachte eine Frau.

»Ich meine nicht deine eigene. Ich meine, auf einer großen Hochzeit mit Tanzen und vielen süßen Sachen zum Essen, mit Rosenblätterkonfitüre und Honig?«

»Ja, ich war schon auf Hochzeiten«, lächelte Maria. »An eine erinnere ich mich sehr gut ... Es ist schon lange her.«

»Gab es Rosenblätterkonfitüre?«

»Ich glaube schon, ja. Und Wein ...«

Ihre Stimme verlor sich, als sie sich erinnerte.

»Und wenn der Wein alle ist, müssen wir Wasser trinken«, sagte eine der Frauen. »Das geht doch immer so.«

»Bei der Hochzeit tranken wir kein Wasser.«

Marias Stimme klang stark und stolz.

Die anderen Frauen sahen sie an. Sie wussten, dass Maria mit einem Sohn von weit her gekommen war, dass sie nicht oft von ihrem früheren Leben sprach und dass es dafür einen guten Grund gab. Sie hielten sich zurück mit Fragen, aber es gab natürlich Gerüchte, und plötzlich platzte eines der älteren Kinder heraus wie ein Papagei: »Es heißt, du hattest noch einen Sohn, und der war ein großer Verbrecher und ist für seine Verbrechen hingerichtet worden. Stimmt das?«

Die Frauen versuchten, das Kind zum Schweigen zu bringen, aber Maria sprach, und ihre Augen blickten starr geradeaus.

»Die es wissen mussten, sagten, er sei ein Verbrecher.«

»Aber du glaubst es nicht?«, beharrte das Kind.

Nach einer Pause sagte Maria: »Ich weiß selbst nicht, was recht oder unrecht war. Ich bin zu ungebildet. Mein Sohn liebte die Menschen – gute wie schlechte ...«

Sie hatten das Dorf erreicht und trennten sich, um in ihre Häuser zu gehen. Maria hatte am weitesten zu gehen – bis zu einem steinigen Acker, ganz am Ende der weit auseinanderliegenden Häusergruppe.

»Wie geht es deinem Sohn? Hoffentlich gut?«, fragte eine der Frauen noch höflich.

»Es geht ihm gut, Gott sei's gedankt.«

Um die Erinnerung an das, was vorher gesagt worden war, zu tilgen, sagte die Frau freundlich: »Du musst stolz auf deinen Sohn sein. Wir alle wissen, dass er ein heiliger Mann ist. Man sagt, dass er Visionen habe und Gott mit ihm sei.«

»Er ist mir ein guter Sohn«, sagte Maria. »Und wie du richtig sagst, ein heiliger Mann.«

Sie ließ die Frauen stehen, um ihren eigenen Weg zu gehen, und sie standen und schauten ihr eine Weile nach.

»Sie ist eine gute Frau.«

»Ja. Und ich bin sicher, dass sie nichts dafür kann, dass ihr einer Sohn auf Abwege geraten ist.«

»So was geschieht eben, man weiß auch nicht, warum. Aber sie hat Glück mit diesem anderen Sohn. Manchmal ist er vom Geist erfüllt, und dann prophezeit er mit lauter Stimme. Man sagt, seine Füße würden sich vom Boden heben – und danach liegt er dann für eine Weile wie ein Toter.«

Sie nickten und schwatzten, beeindruckt und erfreut, dass so ein heiliger Mann unter ihnen weilte.

Maria ging zu ihrer Kate aus Stein und stellte den Wasserkrug ab. Sie blickte auf den Mann, der an einem roh gezimmerten Holztisch saß. Eine Pergamentrolle lag vor ihm, und er beugte sich darüber, schrieb mit einer Feder, machte ab und zu eine Pause, wobei er die Augen schloss, als ob er sich in der Inbrunst des Geistes verlöre.

Maria war darauf bedacht, ihn nicht zu stören, während sie geschäftig das Mittagsmahl bereitete.

Der Mann war von großer Schönheit, wenn auch nicht mehr jung. Er hatte feingeschnittene Züge und die träumerischen Augen einer Seele, für die das geistige Leben ebenso wirklich ist wie das des Körpers. Gerade jetzt erschlaffte seine Hand mit der Feder, und er schien beinahe in Trance zu versinken, bewegte sich nicht, sprach nicht und atmete auch beinahe nicht.

Maria stellte die Speisen auf den Tisch. »Dein Mahl ist bereitet, mein Sohn.«

Wie jemand, der einen schwachen Klang von ganz weit weg vernimmt, schüttelte er ungeduldig den Kopf.

»Die Vision ... so nahe ...«, murmelte er, »so nahe ... Wann ... wann?«

»Komm, mein Sohn, und iss.«

Er schob das Essen zur Seite.

»Es gibt einen anderen Hunger, einen anderen Durst. Die Nahrung des Geistes ... Das Dürsten nach Gerechtigkeit ...«

»Aber du musst essen. Mir zu Gefallen. Deiner Mutter zu Gefallen.«

Freundlich drängte und schalt sie – und schließlich kehrte er zurück aus seiner Verzückung und lächelte sie mit menschlichem, halb scherzhaftem Blick an.

»Muss ich denn essen, um dich zufriedenzustellen?«

»Ja. Sonst bin ich unglücklich.«

Also aß er, ihr zu Gefallen, und bemerkte kaum, was für Speisen es waren.

Dann besann er sich so weit, um zu fragen: »Wie ist dir, liebe Mutter? Hast du alles, was du brauchst?«

»Ich habe alles, was ich brauche«, sagte Maria.

Er nickte, zufriedengestellt, und ergriff wieder seine Feder.

Als Maria aufgeräumt hatte, ging sie hinaus und blickte über das Meer.

Ihre Hände falteten sich, sie beugte ihr Haupt und sprach leise vor sich hin.

»Hab ich alles getan, was ich konnte? Ich bin eine so unwissende Frau. Ich weiß nicht immer, wie ich jemandem dienen und helfen kann, der ganz sicher ein Heiliger Gottes ist. Ich reinige seine Kleider und bereite seine Mahlzeiten, ich bringe ihm frisches Wasser und wasche seine Füße. Aber mehr als das weiß ich auch nicht zu tun.«

Als sie so dastand, ging ihr Kleinmut vorüber. Gelassenheit kehrte in ihr verhärmtes Gesicht zurück.

Am Strand unten hatte ein Schiff an der kleinen, steinernen Mole angelegt. Es war kein gewöhnliches Fischerboot, sondern ein Schiff, das hoch aus dem Wasser ragte, mit einem geschwungenen Schnabel aus reich geschnitztem Holz. Zwei Männer stiegen an Land, und einige der alten Fischer, die gerade ihre Netze flickten, liefen herbei, um die Fremden zu begrüßen.

Höflich erklärten die beiden Männer ihnen ihr Begehren.

»Wir suchen unter diesen Inseln nach einer, auf der die Königin des Himmels wohnen soll.«

Die alten Fischer schüttelten die Köpfe.

»Was ihr sucht, ist nicht hier. Wir haben kein Heiligtum, wie ihr es beschreibt.«

»Vielleicht wissen eure Frauen etwas von einem solchen Heiligtum?«, schlug einer der Fremden vor. »Frauen machen oft ein Geheimnis aus solchen Sachen.«

»Ihr könnt sie befragen, wenn ihr wollt. Einer von uns wird mit euch gehen und euch zum Dorf führen.«

Die Fremden folgten dem Führer. Die Frauen kamen aus den Häusern geströmt. Sie waren erregt und neugierig, aber alle schüttelten die Köpfe.

»Leider hat hier keine Göttin ihr Heiligtum. Weder bei unserer Quelle noch sonst irgendwo.«

Sie berichteten ihnen von anderen Heiligtümern an anderen Orten, von denen sie gehört hatten, aber keines davon war das, was die Fremden suchten.

»Aber wir haben einen heiligen Mann hier«, sagte eine der Frauen stolz. »Er ist nur Haut und Knochen und fastet dauernd, wenn seine alte Mutter ihn lässt.«

Aber die Fremden suchten nicht nach einem heiligen Mann.

»Ihr könnt ihn doch wenigstens befragen«, beharrte eine der Frauen. »Vielleicht kennt er so etwas, wie ihr es sucht.«

Also gingen sie zur Kate des heiligen Mannes; aber er war in seine Visionen verloren und hörte lange Zeit gar nicht, was sie ihm sagten.

Dann wurde er ärgerlich und sagte: »Geht nicht in die Irre auf der Suche nach heidnischen Göttinnen. Nicht nach der Hure von Babylon noch nach den Schändlichkeiten der Phönizier. Es gibt nur einen Erlöser, und das ist der lebendige Sohn Gottes.«

Also entfernten sich die Fremden wieder, aber die Mutter des heiligen Mannes lief ihnen heimlich nach.

»Seid nicht gekränkt«, bat sie. »Mein Sohn wollte nicht unhöflich zu euch sein. Aber er ist so rein und so heilig, dass er in einer Welt weit über dieser Erde lebt. Er ist ein guter Mensch, und mir ist er ein guter Sohn.«

Die Fremden sprachen freundlich zu ihr.

»Wir sind nicht gekränkt. Du bist eine gute Frau und hast einen guten Sohn.«

»Ich bin eine ganz gewöhnliche Frau«, sagte sie. »Aber ich muss euch sagen, dass ihr nicht an diese Aphroditen und Astarten und wie ihre heidnischen Namen alle sind, glauben solltet. Es gibt nur einen Gott, unseren Vater im Himmel.«

»Du sagst, du seist nur eine ganz gewöhnliche Frau«, sagte der ältere der beiden Fremden. »Aber obgleich dein Gesicht alt ist und gezeichnet von Linien des Kummers, hast du für mich ein Antlitz von großer Schönheit – ich habe einmal bei einem berühmten Bildhauer gearbeitet und weiß, was Schönheit ist.«

Überrascht rief Maria aus: »Vielleicht früher einmal, als ich den farbigen Teppich für den Tempel gewoben habe oder meines Mannes Wein im Laden ausschenkte und meinen Erstgeborenen im Arm hielt. Aber *heute*!«

Doch der alte Bildhauer schüttelte den Kopf.

»Schönheit liegt unter der Haut«, beharrte er. »In den Knochen. Ja, und noch tiefer darunter – im Herzen. Deshalb sage ich, dass du eine schöne Frau bist, jetzt vielleicht schöner denn als junges Mädchen. Lebe wohl – und mögest du gesegnet sein.«

So ruderten die Fremden in ihrem Schiff davon,

und Maria ging langsam in ihre Kate und zu ihrem Sohn zurück.

Der Besuch der Fremden hatte ihn unruhig gemacht. Er ging auf und ab, und seine Hände fassten in Schmerz an den Kopf.

Maria eilte zu ihm und hielt ihn in den Armen.

»Was ist dir, geliebter Sohn?«

Er stöhnte auf: »Der Geist hat mich verlassen ... Ich bin leer ... leer. Ich bin von Gott getrennt – von der Freude seiner Gegenwart.«

Sie tröstete ihn, wie sie ihn schon so oft zuvor getröstet hatte, und sagte: »Manchmal muss das so sein – wir wissen nicht, warum. Es ist wie das Wogen des Meeres. Es zieht sich von der Küste zurück, aber es kehrt wieder, mein Sohn, es kehrt wieder.«

Er aber rief aus: »Du *weißt* nicht. Du kannst nicht verstehen ... Du weißt nicht, was es bedeutet, wenn der Geist über einen kommt und man erfüllt ist vom Ruhme Gottes!«

Und Maria sagte demütig: »Das ist wahr. *Das* habe ich noch nie gespürt. Für mich gibt es nur Erinnerung ...«

»Erinnerung genügt nicht!«

Aber Maria sagte heftig: »Für mich ist sie genug.«

Und sie ging zur Tür und stand dort und blickte über das Meer, über das die Fremden entschwunden waren.

Wie sie so dort stand, fühlte sie eine merkwürdige Erwartung in sich aufsteigen, eine erregende, hoffnungsvolle Freude. Fast wäre sie zum Strand hinabgegangen, aber sie hielt an sich, denn sie wusste, ihr Sohn würde sie brauchen. Und so war es. Er begann zu zittern, sein Körper schüttelte sich, und schließlich versteiften sich seine Glieder, er fiel zu Boden und lag wie tot. Sie deckte ihn zu und presste eine Falte seines Gewandes zwischen seine Lippen, falls die Zuckungen wiederkämen. Aber er lag reglos, und es gab nicht einmal ein Anzeichen, dass er atmete.

Maria wusste aus Erfahrung, dass er sich für Stunden nicht rühren würde, und sie ging hinaus auf den Hügel. Es wurde dunkel, und der Mond ging auf über dem Meer.

Maria stand dort und genoss die willkommene Kühle des Abends. Ihre Gedanken waren voller Erinnerungen an die Vergangenheit, an die eilige Flucht nach Ägypten, an die Zimmermannswerkstatt und an die Hochzeit zu Kanaa ...

Und erneut stieg diese freudige Erwartung in ihr auf.

»Vielleicht«, dachte sie, »vielleicht ist die Zeit endlich gekommen.«

Alsbald, ganz langsam, begann sie zum Meer hinabzuwandeln.

Der Mond stieg am Himmel auf und warf einen silbernen Pfad über das Wasser, und als die Helligkeit größer wurde, sah Maria ein Boot sich nähern.

Sie dachte: »Die Fremden kommen noch einmal zurück.«

Aber es waren nicht die Fremden ... Sie konnte jetzt erkennen, dass es nicht das schön geschnitzte Schiff der Fremden war. Dies hier war ein einfaches Fischerboot – die Art von Boot, die ihr ein ganzes Leben lang vertraut gewesen war ...

Und dann erkannte sie es – fast sicher ... Es war *sein* Boot, und er war endlich gekommen.

Und nun rannte sie rutschend und stolpernd über die rauen Steine am Strand. Und als sie halb schluchzend, halb keuchend das Wasser erreichte, sah sie einen von drei Männern sich aus dem Boot erheben und auf dem Meer, den Pfad des Mondlichts entlang, auf sich zukommen.

Näher und näher kam er ... Und dann ... und dann ... umfing er sie mit seinen Armen. Worte brachen aus ihr hervor, unzusammenhängend, die so viel zu sagen versuchten.

»Ich habe getan, wie du mir geboten hast. Ich habe für Johannes gesorgt, er war mir wie ein Sohn. Ich bin nicht klug, ich kann seine hohen Gedanken und seine Visionen nicht immer verstehen, aber ich habe ihm gute Speisen bereitet und seine Füße gewaschen und ihn umsorgt und ihn geliebt. Ich war ihm Mutter, und er war mir Sohn ...«

Ängstlich schaute sie auf in sein Antlitz.

»Du hast alles getan, wie ich dir geboten habe«, sagte er gütig. »Jetzt wirst du mit mir heimkehren.«

»Aber wie soll ich in das Boot kommen?«

»Wir werden gemeinsam über das Wasser wandeln.«

Sie spähte hinaus aufs Meer.

»Und jene dort, ja, es sind Simon und Andreas?«

»Ja. Sie wollten mitkommen.«

»Wie glücklich – oh, wie glücklich werden wir sein«, rief Maria. »Erinnerst du dich an den Tag der Hochzeit zu Kanaa?«

Und dann, während sie gemeinsam über das Wasser wandelten, schüttete sie vor ihrem Sohn all die kleinen Ereignisse und Begebenheiten ihres Lebens aus, sogar wie die beiden Fremden heute gekommen waren und nach der »Königin des Himmels« gefragt hatten. Und wie lächerlich das doch war!

»Sie hatten ganz recht«, sagte ihr Sohn. »Die Königin des Himmels war hier auf dieser Insel, aber sie erkannten sie nicht, als sie sie sahen ...«

Und er blickte in das verhärmte, gezeichnete, schöne Gesicht seiner Mutter und wiederholte weich: »Nein, sie erkannten sie nicht, als sie sie sahen!«

Am Morgen erwachte Johannes und erhob sich vom Boden. Es war der Tag des Herrn, und sofort wusste er, dies würde der große Tag seines Lebens sein.

Der Geist kam über ihn ...

Er nahm seine Feder und schrieb:

»Ich sah einen neuen Himmel und eine neue Erde ... Hinter mir hörte ich eine Stimme, laut wie eine Posaune ... Und sie sprach:

Ich bin das Alpha und das Omega, der Anfang und das Ende ... Ich bin der Erste und der Letzte und der Lebendige. Ich war tot, doch nun lebe ich in alle

Ewigkeit, und ich habe die Schlüssel zum Tod und zur Unterwelt ... Siehe, ich komme bald, und mit mir bringe ich den Lohn, und ich werde jedem geben, was seinem Werk entspricht ...«

Zur Autorin

Agatha Christie begründete den modernen briti-
schen Kriminalroman und avancierte im Laufe ihres Lebens zur bekanntesten Krimiautorin aller
Zeiten. Ihren ersten Krimi veröffentlichte sie 1920,
zweiundsiebzig weitere folgten. Darüber hinaus erschienen zahlreiche Kurzgeschichten, Theaterstü-
cke, ein Gedichtband und – unter ihrem Pseudonym
Mary Westmacott – sechs Romanzen. Ihre belieb-
ten Krimihelden Hercule Poirot und Miss Marple
sind – auch durch die Romanverfilmungen – einem
Millionenpublikum bekannt. Psychologischer Fein-
sinn, skurriler Humor und Ironie verleihen ihren
Krimis die besondere Note. Sie gilt als die meistge-
lesene Schriftstellerin überhaupt. 1971 wurde sie in
den Adelsstand erhoben. Christie starb im Alter von
85 Jahren am 12. Januar 1976.